大富豪同心

春の剣客

幡大介

双葉文庫

目次

この作品は双葉文庫のために書き下ろされました。

春の剣客

大富豪同心

第一章　春の憂鬱《ゆううつ》

一

「ああ、桜が満開だねえ。なんと見事なことだろう」

武家屋敷の塀の向こう側。満開に咲いた桜の木が見えている。卯之吉《うのきち》は足を止めて賛嘆の声を漏らした。

「滅多にない巨木、古木だねぇ」

ちなみに、この時代の桜の品種は江戸彼岸《エドヒガン》（薄墨桜《うすずみざくら》）だ。

「さすがはご老中様のお屋敷だねぇ。こんな古木が植えられているなんてね」

江戸は徳川家康の入府によって拓《ひら》かれた新開地であり、山の斜面を開削《かいさく》し、海を埋め立てて町を造った。自生の古木は極めて珍しい。

大名屋敷に植えられている庭木は、そのほとんどが余所《よそ》から移植されたものである。

「庭師さんたちが何百人がかりで、運んできたのに違いないね。こんな古木にお目にかかれただけでも幸せだよ。いやあ、やっぱり来て良かった」

お供の銀八《ぎんぱち》が呆《あき》れ顔をした。

「なにを言ってるでげすか。あんなに『行きたくない』って、駄々をこねていたのに」

すっかり上機嫌の卯之吉は、腰の扇子《せんす》を開いて、舞い散る花弁をヒラヒラと扇《あお》ぎながら答えた。

「だってねえ、こんな窮屈《きゅうくつ》な格好をさせようっていうからさ」

身につけた裃《かみしも》の肩衣《かたぎぬ》をツンツンと摘《つ》まみながら苦笑する。

卯之吉は熨斗目《のしめ》を着たうえに継裃《つぎがみしも》を着け、腰には大小の刀を差して、黒髪は武家風の銀杏髷《いちょうまげ》にキリリと結い上げていた。

「遊び人のあたしにこんな格好をさせようだなんて。本多出雲守《ほんだいずものかみ》様も酔狂が過ぎるってもんじゃないかねぇ」

銀八は、

（若旦那は遊び人ではねえでげす。南町奉行所の同心様でげす）

と思ったのだが、黙っていた。

卯之吉は繁々《しげしげ》と裃を見ている。

「この裃だけどさぁ、本多様の御家の略紋つきだよ？　あたしはお大名様じゃないんだけどねぇ」

身分によって着用の許される装束《しょうぞく》が定められている。町奉行所の同心は、裃はおろか、袴すら穿《は》くことが許されない。

卯之吉は鬱陶《うっとう》しそうに溜息《ためいき》をついた。それから銀八に目を向けた。

「お前の格好だって、相当に変だよ」

銀八は小袖を尻《しり》っ端折《ぱしょ》りした上に、紋付きの黒羽織を着けている。しかも帯には二刀を差すという、武家の若党（家来）の格好だ。片手には何故か、大きな風呂敷包みを提《さ》げていた。

卯之吉は遠慮なく「あはは」と笑った。

「お前まで銀杏髷なんか結っちまって。その珍妙な顔つきときたら」

銀八の生業《なりわい》は幇間《ほうかん》だ。普段の銀八は髷をふざけた形に結っている。斜めにひん曲げたり、先を二つに分けてみたり。銀八の面相はひょっとこに似ている。そんなふざけた髪形が、またよく似合うのだった。

それなのに今日に限って、武士然とした生真面目《きまじめ》な髷を結っている。

「普通、人間というものは、シャンとした格好をすれば、シャンとして見えるものだけどね。お前だけはかえって面白可笑《おもしろおか》しく見えるねえ」

卯之吉は声を上げて笑い、銀八は唇を尖《とが》らせた。

「笑っている場合ではござらぬぞ、我が殿」

銀八の後ろから、大柄な武士が太い声をかけてきた。

「裃の着用を許された武士は、道で笑ったりなどいたさぬものだ」

生まれつき厳《いか》めしい顔つきの浪人、水谷弥五郎《みずたにやごろう》が、その面相をさらに険《けわ》しくさせている。

「町人どもが奇異な目を向けておる。武士らしい威儀を整えられよ」

そう言う水谷弥五郎もまた、卯之吉の家来に見える格好で従っていた。

元々が武士だから、武士の装束は似合う。しかし、ひげも月代《さかやき》もツルリと剃り上げ、普段はボサボサの大髻《おおたぶさ》を銀杏髷に結った姿は違和感があった。おまけに鬢《びん》付け油まで使い、艶《つや》やかな黒髪から芳香を立ち上らせているのであるから尚更《なおさら》だ。

卯之吉はさすがにあけすけに嘲笑《ちょうしょう》はしなかったものの、それでも笑いを堪《こら》えるのに精一杯という有り様だ。

「弥五さんたちはいいよ。ちゃんとしたお武家の装束だものな」

水谷弥五郎の背後で、由利之丞《ゆりのじょう》が不満をもらした。

「どうしてオイラだけが小者《こもの》なのさ」

由利之丞は武家屋敷に仕《つか》える小者の姿だ。

小者は武士階層ではなく、農民や町人出身の奉公人である。髷は町人の形に結っているし、刀を帯びることも許されず、腰帯の後ろに木刀を斜めに差しているだけであった。

「おまけに槍《やり》なんかを担《かつ》がされて、重たくってしょうがないよ」

由利之丞は槍持を演じさせられていたのである。

武士の行列に槍はつきものだ。町奉行所の与力たちも槍持に槍を持たせて出仕してくる。槍は身分によって長さや形状が異なる。穂先には槍袋が被《かぶ》せてあるが、ここには家紋が描かれることもある。道で擦《す》れ違う武士たちは、相手の槍を見れば、相手の身分が理解できた。相手のほうが身分が高いと見れば、道を譲ったり、足を止めて頭を下げもした。

「こらこら、大事な槍を担ぐんじゃない」

水谷が窘《たしな》めながら、槍をグイッと立たせた。

「槍は身体の前で、掲げて運ぶのだ。槍を肩に担ぐことが許されるのは、戦《いくさ》に敗れて逃げる時のみぞ」

由利之丞は「ちぇっ」と言いながら、泣きそうな顔をした。

「こんな重たい物を掲げて持ち運ぶなんて、オイラにはとても無理だよ。腕も肩も太くなっちまう。若衆役者の沽券《こけん》に関わるよ」

由利之丞は江戸三座の歌舞伎役者であったが、なかなかに目が出ず、陰間茶屋《かげまぢゃや》で働いて銭を稼いでいる。身体が骨太の筋肉質になってしまったら、稼業に差し障《さわ》りが出るに違いない。

「弥五さん、代わっておくれよ」

「馬鹿を申すな」

常日頃は由利之丞に対して蕩《とろ》けるように甘い水谷弥五郎だが、さすがに「代わってやろう」とは言わなかった。

「だから、ついてくるなと申したではないか」

「だってさ、オイラは芝居者だよ？　いつ何時《なんどき》、御殿の若殿様の役がつくかもわからないんだ。若殿様の立ち居振る舞いをこの目で確かめておきたいじゃないか。それが芸の肥やしってヤツさ。ご老中様のお屋敷に入れるなんて、こんな好機は滅多にないからね。これを見逃しにできるか——ってんだ」

その役者根性は見上げたものだが、槍を持ちかねて足腰はフラフラ、泣きっ面《つら》で愚痴をこぼされたのではたまらない。

さらに言えば、今日これから目にするであろう御殿の様子が、由利之丞の芝居に活《い》かされる機会があるとも思い難《がた》い。由利之丞は端役《はやく》の大根役者で、台詞《せりふ》のある役などには、ほとんど絶対につくことができないからだ。

なおも愚痴をこぼそうとする由利之丞を、水谷弥五郎はピシャリと抑えた。

「そなたは役者であろう。槍持の役を演じておるのだと思え。そなたがしっかりと演じなければ、我らが偽者の行列だと露顕《ろけん》いたしてしまうのだぞ」

由利之丞は渋々と槍を掲げ直した。

裃姿の卯之吉は、何の関心もなさそうな様子で歩いていく。仕方なく由利之丞も後を追った。季節は春爛漫《らんまん》。うららかな日差しに照らされた道から、陽炎《かげろう》が立っていた。

目下のところ柳営（幕府）で権勢第一と目される筆頭老中、本多出雲守の下屋《しも》《や》敷《しき》は、京橋から東海道を南に下り、まもなく品川宿に達しようとする手前にあった。その門構えは下屋敷ながら、左右の番所が道に張り出した、巨大な長屋門であった。

卯之吉たちが門に近づいて行くと、番所の中から見張っていたのであろう、門番が脇の耳門《じもん》を開いて出てきた。

「八巻《やまき》卯之吉殿でござるな」

小声の早口で確かめる。

「あい。いかにもあたしが吉原で評判の放蕩者《ほうとうもの》、三国屋《みくにや》の卯之吉でございます」

冗談を言っているわけではない。卯之吉は本気だ。しかし門番の侍には、当たり前のように無視された。

「ついて参られよ」

耳門の扉を開けたまま、門番は邸内に引っ込んだ。

卯之吉は先ほど目にした桜を間近から見たくてたまらず、いそいそと身を屈《かが》めて門をくぐった。八丁堀の屋敷を出る時には、散々に難色を示していたのだが、そんな気振りはまったく見せない。

銀八と水谷も続けてくぐる。由利之丞は槍の扱いに難儀しながら、どうにかこうにか門を通った。

門をくぐると、そこには広い前庭が広がっていた。

地面には白砂が綺麗《きれい》に撒《ま》かれていた。春の日差しを浴びて眩《まぶ》しく輝いている。その向こうには大名屋敷の表玄関が見えた。そのまた奥には巨大な屋根が、いくつも連なって見えていた。

建物の裏口のほうから、接客のための老武士がやって来た。

「八巻殿。こちらへ」

口調はぞんざいだが、顔つきは実に柔らかい。蕩けるような笑顔だ。

だが、これは笑顔などではなく、地顔なのかも知れなかった。いずれにしても、接客担当としては、申し分のない面相であろうと思われた。

卯之吉は言われたとおりに歩み出た。銀八と水谷と由利之丞が後に続こうとすると、老武士に笑顔で制された。

「供の者はこれにて控えておれ」

顔は笑顔だが、抗弁を許さぬ厳しさがあった。卯之吉は水谷と由利之丞に顔を向けた。

「仕方ないですね。ここで待っていてください」

由利之丞が唇を尖らせてなにか文句を言おうとしたが、水谷が制した。

「我らはここで帰りを待つ」

卯之吉は頷《うなず》き返してから、老武士に目を向けた。

「だけど、この銀八だけは連れて行きますよ」

老武士は笑顔で眉をひそめた。

「なにゆえじゃな」

卯之吉は、さも当然、という顔で答えた。

「薬箱持ちですから」

銀八は手に提げていた風呂敷包みを持ち上げて、示した。

老武士は笑顔のまま、不承不承《ふしょうぶしょう》、頷いた。

「されば致し方ない。両人、こちらへ参られい」

卯之吉は、銀八と薬箱を不思議そうに見た。

「どうして薬箱なんかを持参するようにと、お命じになったのですかね?」

「詮索《せんさく》は無用じゃ」

老武士は背を向けると、屋敷の裏手へと進んでいった。

卯之吉と銀八は老武士に従って歩いていく。

「このお侍様、面白《おもしろ》い御面相だねぇ」

「へい。両国に出したら銭が取れやす」

老武士には聞こえぬように声をひそめて、軽薄に語りあったのであった。

二

卯之吉と銀八は老武士の案内で建物の中を進んだ。通路は畳が敷かれた畳廊下と、板敷きの濡《ぬ》れ縁《えん》（縁側）に分かれている。卯之吉たちが歩かされているのは濡れ縁のほうだ。

卯之吉は面白そうに屋敷の中などに目を向けている。大名屋敷に踏み込んだのは、これが初めてではない。

（やっぱり下屋敷となると、調度も障壁画も、格落ちになるみたいですねぇ）

大名たちは江戸に三カ所の屋敷を構えている。殿様が日常的に使用する上《かみ》屋敷と、隠居や側室などが生活する中《なか》屋敷、そして普段は誰も暮らしていない下屋敷だ。

江戸は火事が多いので、大名屋敷も時として焼亡する。下屋敷はその際の避難場所として使用されるのだが、平時は物置などに使われていることが多い。

（お大名様の上屋敷は、壁画も、襖絵《ふすまえ》も、欄間《らんま》の彫物も素晴らしいですが、下屋敷となると、ずいぶんと質素なものですねぇ）

大名家の財政はいずこも火の車だ。下屋敷の建物は〝御殿〟と呼ぶには簡素に過ぎる。ただの大きな建物であるに過ぎない。濡れ縁に沿って歩を進めながら卯之吉は小首を傾《かし》げた。

（それなのに、なんだって出雲守様は、あたしを下屋敷なんかに呼びつけたのでしょうねぇ？）

よくわからないが、出雲守はこの建物の奥で卯之吉の到来を待っている。

迷路のような屋敷の中を、老武士は短い足を忙《せわ》しなく運んで進んでいく。せっかちな性格なのか、それとも主君である出雲守を待たせるわけにはゆかぬと思っているからなのか。しかし一方の卯之吉は、蛞蝓《なめくじ》のように足が遅い。老武士は足を止めては振り返り、早く来るように促《うなが》した。笑顔のままだが、苛立《いらだ》っている様子が伝わってきた。

薄暗い濡れ縁を抜けて杉戸を開けると、急に明るい庭先に出た。

（ああ、あの桜だ）

広い庭の真ん中に桜の古木が生えている。外からもその枝振りが拝めたほどに大きな木だ。空に向かって広げた枝々に、薄桃色の花弁が、満開に咲き誇っていた。

「これはお見事ですねえ」

卯之吉は足を止めて見入った。せっかちな老武士も、この時ばかりは、卯之吉が感心するに任せている。彼にとってもこの桜は自慢の種で、客人にはしっかりと見ていって欲しいと思う、この屋敷の名物であったのだろう。

しかし卯之吉に気を許すと——この男は遠慮を知らない。感動したら感動したまま、「ああ」とか「うう」とか感嘆しながら日が暮れるまで見入っている。

「八巻殿、我が殿がお待ちでござるゆえ……」

銀八も卯之吉の袖を引いた。

「ご老中様のお怒りは恐ろしいでげす。早くご挨拶《あいさつ》に伺《うかが》ったほうがいいでげす」

幇間のくせに、粋や風流などいっさい解せぬ銀八は、桜のことなどどうでもいいと言わんばかり。恐怖に震える顔つきで卯之吉の手を引いた。

桜の庭に面して、そこだけ普請《ふしん》と造作《ぞうさく》に金のかかった館《やかた》が建っていた。出雲守が緊急避難の際に住み暮らす館に違いない。

老武士は障子《しょうじ》の外の濡れ縁で正座して、座敷の奥に向かって平伏した。

「南町奉行所同心、八巻殿にございまする」

「通せ」

出雲守の声がした。

「八巻殿、これへ」

老武士が促す。濡れ縁に同じように正座して挨拶しろ、ということだ。

卯之吉は濡れ縁に膝を揃えて座ろうとして（おや？）と思った。

（お顔の色がよろしくないですねぇ）

本多出雲守は五十歳ばかり。権勢そのままに奢《おご》った暮らしぶりで知られ、美味《うま》い物を食い、美味い酒を飲んでいるので、異常なまでに肥え太っていた。普段は血色も良く、色白の餅肌《もちはだ》も相まって、巨大な赤ちゃんのような風貌なのだが、その顔色が今日ばかりは冴えない。

卯之吉は医工の目でジロジロと出雲守を観察した。しかし、この時代の礼節では、挨拶も済んでおらず、「面《おもて》を上げよ」とも言われていないのに、貴人の顔を見続けるなど、あってはならない不敬である。しかも、正座しようとした途中の、中腰の格好だ。無礼もここまで来ると不気味にすら見える。

「これっ、膝《ひざ》を突きやれ！　頭《ず》が高い！」

老武士に鋭く窘められた。

「あっ、はい。これはとんだ不調法《ぶちようほう》」

卯之吉はシャナリと膝を揃えると、濡れ縁の床に手をついて低頭した。

「八巻卯之吉にございます」

「おう。八巻か。待っておったぞ」

出雲守から声が掛かった。

「坂上《さかがみ》家の一件では、目覚ましい手柄を立てたと耳にした。褒《ほ》めてつかわす」

耳にしたも何も、卯之吉が坂上家の後家、英照院《えいしよういん》の陰謀を潰したお陰で、出雲守は失脚の危機を脱したのである。もっとも、いつものように卯之吉自身は何もせず、周囲の者たちが勝手にお膳立てをしたのであるが。

卯之吉は自分の手柄だとは思っていないので（実際にそのとおりなのだが）、褒められた礼も述べずに座っている。

（ご褒美《ほうび》でも下さろうと思って、あたしをお呼びになったのですかねぇ）

などと思ったものの、やはり、出雲守の冴えない顔色が気にかかる。

出雲守も、張りつくような卯之吉の視線が気になったのか、訝《いぶか》しげに質《ただ》してきた。

「なんじゃ。わしの顔に何かついておろうか」

「ええ、まぁ、目と鼻と口が、ついていらっしゃいますけど」

「町人どもはこんな時、『顔を神輿《みこし》が通りやしめぇに』などと悪態を吐きつけるそうじゃな」

「ええ、まぁ、そんな物言いをなさるお人もいらっしゃいます」

暖簾《のれん》に腕押しとでもいうのか、会話にならない卯之吉に、出雲守はますます焦《じ》れた様子であった。

「なんぞ申したきことがあるのなら、腹蔵《ふくぞう》なく申せ」

「はぁ」

卯之吉は居住まいを更《あらた》めた。

「なんと申しましょうか、病んでおられるのではございませぬか」

「むっ」

出雲守の顔つきが変わった。一瞬、怒ったように目がつり上がったが、すぐに気弱そうに、あるいは悩ましそうに顔をしかめた。

「わかるか」

幕府を支える老中ともあろう者が、人前で大きな溜息を漏らす。

「おや！」

卯之吉は素《す》っ頓狂《とんきょう》な声を上げた。

「やっぱり、ご病気でございましたか」

「これ！」

横に控えた老武士が笑顔で怒る。

「やっぱりとはなんたる物言いじゃ！」

「あ、これはとんだご無礼を」

卯之吉は素直に低頭して、しかしすぐに顔を起こした。興味津々、といった目つきで出雲守の顔色を探る。

「それで、どういったご病気ですかねぇ？」

(見たこともない奇病なら面白いのにな）などと不謹慎《ふきんしん》なことまで、心のどこかで考えていた。

出雲守はますます苦々しげな様子だ。

「……医工という者は、どいつもこいつも病人を見ると、さも嬉しそうな顔をする」

「へい。まぁ、それが性《さが》でございまして」

病人と聞いて嫌な気分となる人間は（それが普通の感情であろうが）最初から医工などは志さない。喜び勇んで病魔と戦う奇人変人だけが名医と呼ばれる資格を持つ。

奇人変人の一人である卯之吉は、いそいそと身を乗り出して訊《たず》ねた。

「今日、お呼びになられましたのは、あたしの医工としての腕を見込んでのことでございますか」

出雲守は渋々と頷いた。

「それで薬箱を持参するようにと、お命じになられたのですね」

卯之吉は納得しながらも、首を傾げた。

「しかし、なんだってあたしなんかを？　お屋敷には御殿医様もいらっしゃいますでしょうに」

出雲守は即座に答えた。

「あの者どもは、油断がならぬ」

「はて？　なにゆえ」

「いずこの大名家も、それぞれに医工を扶持《ふち》しておるが、かの者どもは皆、同門の師に学んだ兄弟弟子たちじゃ。裏で密かに通じ合っておる。わしが病《やまい》を診《み》せれば、その診断は別の医工の耳に伝わり、その者の口から、わしの政敵の耳に入るに違いない」

「そういうものですかね？」

「そういうものなのだ。その手口で他人の弱みを探ってきた、このわしが言うのだから間違いない」

「あっ、なるほどねぇ」

自分がやっている悪行だから、他人にも同じことをされるはずだと信じ込んでいるのだろう。

（難儀なお話でございますねぇ）

卯之吉は、まったくの他人事《ひとごと》として、呑気《のんき》にそう思った。

「それゆえに——」

出雲守が話を続ける。

「わしは、病んだ身体を御殿医に診せることはできぬ。むうっ、こんな悩ましい話は他にないぞ。この歳に至るまで、病知らずで来たから尚更じゃ」

「それはそれは。おいたわしいお話です」

などと気のない様子で答えつつ、卯之吉は視線をチラリと庭に向けた。

（あの桜がこの座敷から見えないかなぁ）と思ったのだ。

卯之吉がほとんど話を聞いていないことに、出雲守は気がつかない。当たり前である。老中の話を適当に聞き流す人間など、この世には（卯之吉を除いて）一人もいない。将軍でさえ、老中の進言には身を入れて耳を傾けるのだ。

「そこでじゃ。わしは、わしの病をそなたに委《ゆだ》ねることにした」

「はぁ、左様《さよう》でございましたか。それは良いご思案——えぇっ」

卯之吉は我に返って目を丸くさせた。

「そ、それはどういったご了簡《りょうけん》でございましょうねぇ？」

出雲守はますます渋い顔つきで、下唇など突き出してむくれた。

「そなたは松井《まつい》春峰《しゅんぽう》門下の碩学《せきがく》だと耳にいたした。蘭方医の腕前は、生半《なまなか》ならぬものがあるそうだな」

「またまた、いったい誰がそのような根も葉もない物言いを……」

辻斬り狩りの人斬り同心だと噂されたり、江戸で五指に数えられる剣豪だと祭り上げられたり。

（今度は蘭方医術の碩学でございますか。とかく世間のお人の物言いは、大げさで、いい加減なものでございますねぇ）

などと呆れている場合ではない。このままだと幕府の筆頭老中、日本国を切り盛りしている為政者の命を預かることになってしまう。

（あたしのような放蕩者に、とてもそのような重責は、担《にな》いきれるものではございませんねぇ）

面白半分に患部をいじり回して、かえって命を縮めてしまうのが関の山だ。

「そういうお話でございましたら、あたしの口利きで松井春峰先生をご紹介いたしましょう。あの先生は評判の名医でございますから、たちどころに病を治してくださいましょう」

「いや、それはならぬ」

「ああ、お代のご心配ですか。松井先生の往診代はちとお高い。あい、わかりました。薬餌《やくじ》代と併せて、三国屋がご用立ていたしましょう」

「たわけ！」

出雲守が激昂《げっこう》した。

「診療代ぐらい払えぬ本多家と思うてか！」

「へへっ」と卯之吉は低頭した。

「それでは、なにをそんなにお悩みで？」

出雲守は怒りを通り越して呆れたような顔をした。

「わしの話を聞いてはおらなんだのか。医工の口からわしの病状が漏れるのが困るのじゃ！　蘭学が盛んなのは主に西国である。なかでも九州の外様《とざま》大名どもには蘭癖《らんぺき》が揃っておる」

蘭癖とは当時の流行語で、西洋かぶれ、というような意味合いだ。

「蘭方医などに診せようものなら、たちまちのうちに西国の外様大名どもに知れ渡ろうぞ」

「その理屈はわかりましたがねぇ、だけどあたしだって、松井春峰先生の門下なのでございますよ？」

「そなたは、大丈夫だ」

「どうしてでございますかえ」

「そなたは、このわしに弱みを握られておる」

「はい？」

卯之吉は首を傾げた。まったくなんの心当たりもない。しかし出雲守は、独り得心顔でニヤリと笑った。

「三国屋の徳右衛門《とくえもん》が、有り余る財力にものを言わせて町奉行所の同心株を買い取り、放蕩者の孫を同心の職に就《つ》けた――などという話が世間に広まったら、困るであろう？　んん？　どうじゃな」

卯之吉は（いいえ、別段、困りはいたしませぬが）という顔で座っている。その事実が世に広まったとしても卯之吉本人はまったく困らない。むしろ厄介《やっかい》で窮屈なお役目から解放され、元の楽しい放蕩暮らしに戻れるのだから歓迎したいほどだ。

（ですけれど、確かに三国屋は、困ったことになるかも知れないですねぇ）

驕《おご》り高ぶった無道《むどう》な振る舞いだと指弾され、商売の信用もガタ落ちになってしまう。客に嫌われ、客足が遠のいたりしたら、さしもの豪商もただではすまない。

（仕方がありませんねぇ。それじゃああたしが一肌脱ぎましょうかねぇ）

決意を固めると早い。

「それではお身体《からだ》を拝見いたしましょうかねぇ」

フラリと立ち上がると断りもなく、許しも得ず、いきなり敷居を跨《また》いで座敷に乗り込んだ。

「こら待てッ」

慌てたのは老武士だ。

「我が殿の官位は従五位下《じゅうごいのげ》、宮廷への昇殿も許される諸大夫《しょだいぶ》ぞ！　その御方《おんかた》の着座なされる座敷に踏み込むとは何事！」

その場で斬り殺されても文句は言えぬのであるが、卯之吉は「はい？」という顔つきで老武士を見た。

「だって、近々と寄って見ないことには、どんな病なのかもわからないでしょうに？」

「ええい、構わぬ」

出雲守が苛立たしげに言った。

「同席を許す！」

ちなみに医者も、宮廷人やお殿様を診察するため、法印などの官位を賜《たまわ》り、貴族に列している。貴族の身体を診察できるのは貴族のみ、という建前が存在していた。

無位無官の卯之吉は、遠慮なく歩み寄って腰を下ろした。キョロキョロと目を動かして出雲守の顔や首筋、手などの皮膚を眺めながら、訊ねた。

「それで、どういったお加減なのでございましょうねぇ？」

出雲守はますます顔色を悪くして答えた。

「尻にの」

「はぁ、お尻に」

「腫《は》れ物ができておるのじゃ」

「ふむ。それはいけませんねえ。それじゃあ御着物をお脱ぎになって、お尻を出してくださいまし」

「なんじゃと」

出雲守は目を剝《む》いた。

「このわしに、尻を出して、見せろと申すか」

卯之吉はさも当然、という顔で頷いた。

「そうしていただかなくちゃ、患部を診察できませんもの」

そしてなにやら意味ありげな薄笑いを浮かべた。やはり奇人変人である。病人を前にして逸《はや》る心を押さえきれなくなっている。

出雲守は「うぬぬ」と無念そうに唸《うな》っていたが、やがて、背に腹は代えられぬと思ったのか、仕方なさそうに腰帯を緩《ゆる》め始めた。

「……どうせこうなると思っておったわ。それがゆえに下屋敷などに隠れたのじゃ。近々と寄って好きに見るなり、触るなりいたすがよいわ！」

縁側に控えた老武士に怒りの目を向ける。

「ええい、そこで何をいたしておる！　障子を閉めぬか！」

「あっ、ハハッ、畏《かしこ》まって……」

老武士は顔を伏せ、出雲守に目を向けぬようにしながら障子を閉めた。座敷の中が少し暗くなる。出雲守は慌てて止めた。

「いや、やはり、開けておけ！」

薄暗い座敷に男が二人きり。尻を出した自分と、ニヤニヤと不気味に微笑《ほほえ》む卯之吉だけがいる光景は、我が事ながら気色が悪くてならない。

「そなたもそこにおれ！　くるしゅうない！」

むしろ、「どこにも行かないでくれ！」と哀願するように言った。

「それじゃあ出雲守様。うつ伏せになってお尻を丸出しにしてくださいませ」

老中ともあろう者が無様《ぶざま》に尻まで捲《まく》らねばならぬとは。口惜《くちお》しさのせいで別の病を発症してしまいそうだ。

出雲守が四つん這《ば》いになると、卯之吉は着物の裾《すそ》に遠慮なく手を伸ばして尻まで大きく捲り上げた。

出雲守が屈辱に呻《うめ》いたのと、卯之吉が「ああっ」と叫んだのとはほとんど同時であった。

「腫れてますねえ」

なんとも間の抜けた声音でそう言った。

出雲守は歯ぎしりしながら答えた。

「だからそう言ったではないか。尻が腫れておる、と。そんなことはわしが一番よくわかっておるのだ！　して、どうなのじゃ。なんの病じゃ」

「えぇーと、そうですねぇ。ちょっと触りますよ」

卯之吉は指を伸ばして、五十男の臀部《でんぶ》を撫《な》で回した。それればかりか、

「どうですかね。撫でられたご気分は」

などと無頓着に訊ねた。

「尻を撫でられてどんな気分だ、とはなんたる物言い！　わしを茶屋の娘だとでも思うておるのか、無礼者めが！　手討ちにいたすぞ！」

「いえいえ、そういう意味ではなくてですね。痛いですかね？」

「……いや、そんなに痛くはないぞ」

「ふむ。患部も熱を持ってはいないようですねぇ」

卯之吉は見るべきものを見て、触るべきものを触ると、着物の裾をサッと下ろして出雲守の尻を隠した。五十男の尻など、見たくて見ていたわけではない。

「それで、どうなのじゃ、わしの病は。……その気の抜けた顔つきと、呑気そうな物言いから察するに、たいした病状でもなさそうじゃな」

期待の笑顔を浮かべた出雲守に、卯之吉は冷たく言い放った。

「いいえ、ずいぶんと悪いですよ」

「えっ」

「熱を持って腫れているのなら、心配はございません。熱が引き、腫れが引けば、病は癒《い》えます。しかし、熱を持っていないのに腫れている、というのは極めてよろしくございません」

「なんと……」

出雲守の面相からサーッと血の気が引いた。

卯之吉はさらに冷徹に続けた。

「おまけに触っても痛くないと仰《おつしや》る。普通は、触れば痛いものです。しかし、触っても痛くない。痛みが痺《しび》れて、何も感じられないほどに肌と肉とが病んでしまっている、ということです」

「すると、どうなる」

「いずれ肉が腐りだします」

「なんと！」

「出雲守様のお身体が、生きながらにして腐り果てます。腐った肉からは腐汁が溢れ出し、それが全身に回って、出雲守様は見るも無残、聞くも無残なお姿となってのご最期を遂げられ――」

「や、八巻ッ」

「ああ、なんとおいたわしい。あんなにお健《すこ》やかだった出雲守様が……」

いろいろと想像しているうちに卯之吉は、本気で感極まってしまい、涙ぐむ目元を袖で押さえた。

「待てッ、八巻！　まだ、なんとかなるのであろうッ？　なんぞ打つ手はあるのであろうが！」

出雲守は四つん這いの格好のまま卯之吉に迫ってきた。

卯之吉はシャンと背筋を伸ばした。

「それはまあ、今から手を打って、なおかつ出雲守様がご養生専一《せんいつ》におつとめなさるのであれば、本復の望みもあろうかと……」

「その言葉が聞きたかった！　頼むぞ八巻！　そのほうだけが頼りじゃ！」

出雲守は両手で卯之吉の手を挟んで、伏し拝んだ。

卯之吉は困り顔で答えた。

「しかしですねぇ……、あたしはやっぱりただの放蕩者でございますよ。医工の修業も途中で投げだしちまった半端者《はんぱもの》です。そんなにまでお命がお大切なのでしたら、まともな医工にお任せになったほうがよろしいと思いますがねぇ」

「そうはいかぬ。我が身の命も大事じゃが、老中としての命も大事なのじゃ。老中職を追われてまで、生き長らえても仕方がない」

「はぁ……」

権勢を握り詰めにしたまま、健康で長生きしたい、ということらしい。

「そういうことでしたら、あたしにできる限りの手は尽くさせていただきますけどねぇ」

卯之吉は老武士に頼んで銀八を呼んでもらった。

「へいへい。ご用命の幇間でござい」

曲がりなりにも武士の姿の銀八が、宴会に呼ばれた幇間そのものの物腰でやって来た。縁側に膝を揃え、両手をついて頭を下げる。

出雲守は、（なんじゃこの面妖《めんよう》な男は）と思ったのだろう。珍獣を見るような目で銀八を見つめた。

卯之吉はスラリと腰を上げると、縁側の銀八に歩み寄った。

「薬箱をお出しよ」

「へいへい。これに」

銀八は携えてきた風呂敷包みを解いて、木製の薬箱を差し出した。卯之吉は受け取って、出雲守の傍《そば》に戻った。

箱の蓋《ふた》を開けると、中は小さな箪笥《たんす》のようになっていた。卯之吉は小引き出しの鐶《かん》（持ち手）を引いた。

引き出しには小さな刃物が納められていた。卯之吉は手に取って眺めた。

「錆《さび》が浮いている。しばらく使ってなかったからねぇ。研《と》がなくちゃ駄目だ」

卯之吉は出雲守に目を向けた。

「ご面倒さまですが、砥石《といし》をお貸しいただけませんでしょうかねぇ」

出雲守は、嫌な予感に襲われた。

「砥石をどうするつもりじゃ」

「砥石の使い道は一つでございましょう。刃物を研ぐんですよ。お大名屋敷でございますから砥石ぐらいはございましょう？　皆様、お腰に二本も、刃物を差していらっしゃるのですから」

「砥石はあるに決まっておるが、砥石でその刃物を研いで、それからどうするつもりなのか、と訊ねておるのじゃ」

卯之吉は事も無げに答えた。

「出雲守様のお身体を切るのですよ」

「なんじゃと！」

「腫れた患部には膿《うみ》が詰まっているはずです。皮膚と肉との境でございましょう。ですから皮膚を切って、膿を搾《しぼ》り出すのでございます」

出雲守は「ヒイッ」と悲鳴を上げた。

「い、医術とは、鍼《はり》を刺したり灸《きゅう》を据えたり、膏薬《こうやく》を張ったりするものとは違うのか……」

「漢方は左様でございましょうが、あたしは蘭方医でございますからねぇ。蘭方医の医術は大工仕事みたいなものでございましてね、腐った根太《ねだ》や柱は切り取ってしまうに限るのでございますよ」

説明の仕方が乱暴で、かつ、おぞましすぎる。出雲守は震え上がった。

「もそっと、穏便《おんびん》に事を運ぶことはできぬのか……?」

「できませぬなぁ。お命あっての物種《ものだね》でございますから。さて、それでは砥石をお願いいたしますよ」

卯之吉は邪魔な裃の肩衣を引き抜いて後ろに払うと、蘭方の小刀を握り、ニヤリと笑った。


半刻(一時間)ほどして、凄《すさ》まじい悲鳴が響きわたった。

三

「竹本《たけもと》さん、開けるだよ」

板戸が開けられ、三十ばかりの肥えた下女《げじょ》が顔を覗かせた。

「おやまあ、ご浪人さん。今夜もそれっきりしか、食ってねぇのかよ」

三畳敷きの部屋には膳が置かれていた。握り飯と沢庵《たくあん》漬けの皿、汁の椀がのせられている。

すでに日は沈み、部屋は薄闇に包まれていた。一つだけ置かれた灯《とも》しの油皿で、小さな火がチロチロと揺れていた。

半刻ほど前、この部屋に膳を運び入れたのも、この下女であった。皿の上には握り飯を三つのせておいたのだが、手がつけられているのは一つだけだ。

ノシノシと部屋に入ってきた下女は、腰をかがめて真上から膳を見て、呆れ顔をした。

「沢庵は一切れ、汁は半分か。竹本さん、それじゃあ身が持たねえだよ」

部屋の隅に端然と座る浪人に向かって、突っ立ったまま、そう言った。北武蔵《きたむさし》の在郷から奉公に出てきた田舎女だ。人の良さそうな顔はしているが、躾《しつけ》はまったくなっていない。

竹本は瞼《まぶた》を閉じて黙想していたが、瞼を閉じたまま答えた。

「腹一杯に飯を食えば、それだけ腹が重くなる。曲者《くせもの》はいつ何どきやって来るとも知れぬのだ。油断はならぬ」

「そういうもんかねぇ？」

下女は納得のゆかない顔で首を傾げた。

「だけど、それだけじゃあ腹が減るだろうに」

「減りはせぬ。わが腹は粗食に慣れておる。これで十分」

自分で言うように、竹本は枯れ木のように痩せていた。彫りの深い顔に皮膚が張りついている。頬はこけ、目尻ばかりが鋭く切れ上がっていた。

（飢饉《ききん》の村の般若《はんにゃ》みてぇだべ）

などと下女は、奇妙な譬《たと》えでこの浪人の風貌を評していた。

「そんなら、この膳は、片づけちまっていいかね」

「構わぬ」

下女は膳に手を伸ばしかけ、浪人が瞼を閉じたままなのを確かめてから、急いで握り飯を摑《つか》んで頬張《ほおば》った。ほんの三口ほどで食い終わって、ゴクンと飲み下した。

「それじゃあ、失礼するだよ」

もう一個の握り飯を摑み、挨拶してから口に咥《くわ》えて部屋から出た。立ったまま後ろ手に、板戸を閉めた。

深夜、月が出たのか、窓の障子が青白く輝き始めた。灯しの油はとうに切れて、火は燃え尽きていたけれども、月光のお陰で部屋の中が明るくなった。

竹本は無言で目を閉じていたが、ふと、その瞼を開けた。耳を澄ましている様子であったが、傍らの刀を摑むと立ち上がった。

刀を片手に摑んだまま、戸を開けて台所へ向かう。台所の板の間では、奉公人の小僧（上方でいう丁稚《でっち》）たちが十人ほど、枕を並べて眠っていた。

台所の端には梯子《はしご》があって、屋根裏部屋へ上ることができるようになっている。屋根裏部屋では下女たちが寝ているはずだ。

商家の日常は過酷だ。皆、疲労しきって熟睡している。寝息や鼾《いびき》が台所の至る所で聞こえていた。

竹本は台所の板戸に目を向けた。大きな木戸は下ろされて、猿（板戸が開かないようにする内鍵）が横にしっかりと掛けられていた。

商家の木戸は押し込みに備えて頑丈《がんじょう》に作られている。無理やりに押し入ろうとすれば、町内全体に響きわたるような音を立てる。

（ここではないな）

そう思った竹本は、踵《きびす》を返して、商家の奥へと進んだ。

商家の建物は、客を通して商売をする〝表〟と、商家の主人一家が暮らす〝奥〟とに分けられている。

奥座敷には店の主が寝ているはずだ。雨戸はきっちりと閉ざされている。廊下は漆黒《しっこく》の闇だ。それでも武芸で鍛えた竹本は、難無く歩みを進めていった。

廊下の角を回った時であった。竹本は眼光を鋭くさせて、廊下の先を睨《にら》んだ。

雨戸が一枚、開けられている。間口から青白い月光が射し込んでいた。

竹本は足音もなく進んだ。開いている雨戸を調べる。内側から猿を上げて開けられたものだと確かめた。

目を下に向けると沓脱《くつぬ》ぎ石があった。ここから裏庭に下りることができるようだ。竹本は足袋裸足《たびはだし》で、静かに庭に降り立った。

月光が庭を照らしている。奥に建っているのは二棟の蔵だ。さすがは大和屋《やまとや》。尾張町《おわりちょう》でその名を知られた、江戸でも有数の呉服屋である。振り返れば奥座敷の甍《いらか》が高く聳《そび》えている。商人ながら——というより、商人だからこそというべきか、まことに豪奢《ごうしゃ》な暮らしぶりであった。

竹本は、油断なく気息《きそく》を絶って、足音を殺し、蔵のほうへと進んでいった。

そして、ふいに足を止めた。

蔵の扉が開いている。中から灯りが漏れていた。

「ああ、裕《ゆう》さん……」

女の喘《あえ》ぎ声が聞こえた。竹本は躊躇《ちゆうちよ》なく踏み出して、蔵の扉に手を掛けた。

そして目を眩《くら》ませた。蔵の内部の何もかもが、眩《まばゆ》く光り輝いていたからだ。金箔《きんぱく》の押された屏風《びようぶ》に、ギヤマンの壺《つぼ》。真っ白な磁器や、艶やかに釉薬《ゆうやく》のかけられた陶器。壁際に置かれているのは螺鈿細工《らでんざいく》が施《ほどこ》された棚だ。紅珊瑚《べにさんご》などの珍宝が飾られている。それらすべてのお宝が、灯火の光を反射させていたのであった。

(蔵座敷か……)

江戸の町人たちは豪勢な暮らしを幕府に禁じられている。それゆえ表向きには、低い身分に相応《ふさわ》しい、質素で慎《つつ》ましい暮らしぶりを演じなければならない。その代わりに商人たちは、蔵の中に座敷を造って武士の目の届かぬ所で、贅沢三昧《ぜいたくざんまい》を楽しんでいたのだ。

床には真新しい青畳が敷かれていた。その上には異国から渡来した敷物が広げられている。

そして、数々の宝物の輝きにも負けぬ、金糸銀糸で縫箔《ぬいはく》された大振袖を着た娘が、しどけない姿で、若い男に縋《すが》りついていたのだ。

「裕さん、あたしを放さないで」

娘が哀切に訴える。潤んだ瞳で若い男を熱烈に見つめあげた。

若い男のほうは、なるほど、役者にしたいような男振りである。白皙《はくせき》の細面《ほそおもて》で、鬢から二、三本、時化《しけ》（ほつれ毛）を垂らしている。

しかし、豪商の娘と釣り合いがとれる身分ではなさそうで、着ている着物はずいぶんな古物。貧しい町人だと一目でわかった。

娘は身を揉《も》むようにして恋情を男にぶつけていく。身分違いの恋というのか、許されざる相手だからこそなのか、恋の炎は激しく燃え盛ってしまう様子であった。

まるで芝居の一場を見るかのような光景であったが、竹本は無粋《ぶすい》にも無言で敷居に足を掛けた。

夢中で抱き合っていた二人も、剣呑《けんのん》な気配に気づいて顔を向け、そしてギョッと目を見開いた。

「あんたは……！」

娘のほうが先に叫んだ。こういう場面では男のほうが動作や対処が鈍い――ということを竹本は経験で知っていた。今度もまた、若い男のほうは、茫然として、何が起こっているのかわからないような顔をしている。

その男も、ようやく我に返った。

「な、なんでぇ、手前《てめ》ェは……」

「おとっつぁんが雇った用心棒だよ！」

竹本の代わりに娘が答えた。

「裕さんッ、逃げてッ！」

なんと娘は、傍らに置かれていた壺を摑んで、いきなり竹本の顔を目掛けて投げつけてきた。精緻《せいち》な絵づけがされた、いかにも値の張りそうな逸品である。竹本もこれには少々焦ってしまい、慌てて片手を伸ばして壺を受け止めた。

「今よッ、早く逃げてェェ！」

次には皿が飛んでくる。受けきれずにかわすと、皿は夜の庭に飛んで行った。背後でガチャンと大きな音がした。

裕さんと呼ばれた男が突っ込んでくる。片手に大きな壺を抱え、片手には刀を摑んだ竹本は、仕方なくこの場は、男を通した。男は転がるようにして庭に出た。

竹本は壺を下ろすと男を追った。男は足をもつれさせながら垣根《かきね》に向かおうとしている。気ばかり焦って足元もおぼつかない。庭石に蹴躓《けつまず》いて前のめりに転がった。

竹本は駆け寄ると、鞘《さや》ごと刀を振り上げた。抜刀するまでもない相手だ。

「ムンッ」

鞘で男の肩を強打すると、男は意気地《いくじ》なく悲鳴を上げた。

「畜生ッ！　よくも余計な真似をしてくれやがったな！」

聞くに堪えない悪罵《あくば》を吐いたのは娘のほうだ。完全に度を失っている。

「泥棒ッ！　誰かぁッ、出てきておくれッ、泥棒だよッ！」

何を思ったのか、目を引きつらせて叫び散らし、蔵から持ち出したお宝を投げつけてきた。紅い酒が入ったギヤマンの壺だの、墨絵の巻物だのがぽんぽんと宙を飛ぶ。

雨戸が開けられ、大和屋の奉公人たちが飛び出してきた。娘はビュッと指先を竹本に向けた。

「泥棒だよッ！　捕まえとくれ！」

まったく正気とは思えぬ顔つきだ。竹本は憮然《ぶぜん》として、腰帯に刀を差した。

大和屋の奉公人たちは、目を吊り上げたお嬢様と、庭で悶絶《もんぜつ》している若い者、そして竹本を順番に見た。

どうしたらよいものか、判断もつかない様子であった。

四

翌朝、竹本は、大和屋の主、杢左衛門《もくざえもん》の座敷に呼ばれた。杢左衛門は床ノ間を背にして憮然と座り、竹本が来るのを待っていた。

竹本が畳に座るのと当時に、杢左衛門が口を開いた。

「どうぞ、お納めを」

畳の上に置かれた袱紗《ふくさ》包みを滑らせてくる。そして袱紗を広げた。中には小判が二枚、包まれてあった。

竹本は小判にチラリと目を向けてから、訊ねた。

「これはなんじゃ？」

「昨日までのお働き代にございます」

杢左衛門は即座に答えて、さらに息も継がずに続けた。

「ご苦労さまにございました」

言葉づかいは丁寧だが、切り捨てるような口調であった。竹本は杢左衛門を見つめ返した。

「本日限りで用心棒は御免ということか」

李左衛門は渋い顔つきで頷いた。

「娘が、あなた様を用心棒にしておくのは嫌だ、と言うものでしてねぇ」

「左様か」

昨夜の騒動を思えば、当然と思える。

李左衛門は顔中をクシャクシャにしかめた。

「もう少し、穏便に事を収めることは、できなかったのでございますか」

竹本は無表情に答えた。

「騒ぎ立てたのは娘ごのほうだぞ。娘ごに当て身でも食らわせば良かったと申すか」

李左衛門はますます嫌そうな顔をした。

「手前が娘を甘やかして育てたのが悪かった、との、お叱りでございますか」

そんなつもりではまったくなかったので、竹本は黙っている。

「お渡しした手間賃には、口止め料も含まれております。くれぐれも、昨夜の件はご内密に願いますよ」

李左衛門は誰にもぶつけようもない憤《いきどお》りを抑えかね、フンッと鼻息を吹いた。

「娘のお仙《せん》は、半年後には嫁入りをする約束となっているのです。相手は大店《おおだな》の若旦那でございますよ。そんな大事を前にして、なんと愚かな……」

悩める父親は憚《はばか》りなくため息をもらした。

「まさか蔵などで逢引きをしていたとはねぇ……。先生には、娘を見張るように頼みましたが、まさか庭先で、ご近所に筒抜けとなる騒ぎを起こそうとは……。大和屋の暖簾に泥を塗りつけられた思いにございますよ」

竹本にとってはどうでもいい話だ。頼まれた仕事は果たした。結果がどうなろうと竹本の責めではない。親馬鹿の愚痴など聞く気もないので黙っていると、杢左衛門は一人で嘆き続けた。

「あの若いのは、先月、庭の手入れをさせた植木職人でございましてね。まさか、お仙に手を出してこようとは……」

父親の杢左衛門はそう言うが、植木職人ごときに蔵座敷の鍵を開けることができた筈がない。どう考えても、手引きをしたのはお仙のほうだ。逃がそうとして奮戦したのもお仙なのだから、間違いはあるまい。

「そういう次第でございますのでね。竹本先生、くれぐれも頼みましたよ！」

話は終わったようだと考えて、竹本は小判を掴み取り、袂《たもと》に入れながら立ち上がった。

「世話になった」

奥座敷を出て台所口に向かう。お仙の部屋の前を通ったが、障子はピシャリと閉ざされていた。

春爛漫の日差しの下を歩みながら、竹本の気分は塞《ふさ》いでいく一方であった。

袂には二両が入っている。二両があれば三月《みつき》、切り詰めれば四月は何もせずとも暮らしてゆけるのだが、だからといって竹本の心は晴れない。彼を悩ませているのは、懐《ふところ》事情ではなかったからだ。

(なんと愚かしいことか)

あまりにも愚かしい者どもの、醜く、身勝手な生き様を見せつけられ、竹本は目も耳も、心まで、汚された気分であった。

金がなければ生きてはゆけぬ。それぐらいの道理は理解しているからこそ、致し方なく働くのだが、働くたびに、見たくもない醜い人間たちを見せつけられ、不愉快と絶望とに苛《さいな》まれる。

（わしは、こんな思いをするために、剣を学んだのではない）

清冽《せいれつ》に、一心不乱に、高みを目指して、剣術に打ち込んだのだ。剣の稽古の先には、素晴らしい地平が広がっていると、かつての竹本は信じていた。

（それなのに、このザマとは）

剣を磨き、孤高の境地に達した結果、できあがったのは、なんの役にも立たない偏頗者《へんばもの》であった。剣術など、いかほどに強くなろうとも、世間からはまったく必要とされていない——という現実に気づいた時にはもう中年になっていた。新しく何かを始めるには、遅すぎる年齢になっていたのだ。

仕方がないので用心棒稼業で剣の腕前を切り売りしている。そして見たくもない醜い人間の本性を、目の当《ま》たりにさせられる。

（なんと虚《むな》しい……。わしは、いったいなんのために生まれてきたのか）

こうまで虚しい思いをさせられながら生き続けねばならぬのか。そしてその先に待っているのは老衰と死だ。

（人の一生になど、なんの値打ちもない）

その時であった。竹本は背後から迫りくる荒々しい気配に気づいた。

（猛《たけ》り逸《はや》っているが、気息は乱れておるな）

取るに足らぬ手合いであろうと、竹本は、しらけきった気分で思った。

「待ちやがれ浪人！」

やたらと威勢の良い若いのが四人、息せき切って駆けつけてきて、竹本を取り囲んだ。

ふと気がつけば、ずいぶんと人気の少ない場所に踏み込んでいた。寂れた掘割に面した細道で、商家の廃屋が建っているばかりだ。敵を待ち構えて襲うには、うってつけの場所だと思われた。

「よくも、この俺を仕舞いにしてくれやがったな！」

満面を朱に染め、鼻の穴を拡《ひろ》げきった男が、目を剥いて睨みつけてきた。竹本は、

「ああ、お前か……」

と、関心のない顔つきで答えた。

昨夜、大和屋に忍び込んで、お仙と睦《むつ》み合っていた植木職人だ。猛々《たけだけ》しく迫ってくる。

「手前ェ《め》のせいで、とんだ恥をかかされた！　親方のところも追い出されちまった！　悪名が知れ渡っちまって別の親方のところに出入りすることもできねぇ！

親元にも帰れねぇ！」

不行状《ふぎょうじょう》を報《しら》せる回状でもまわされてしまったのかも知れない。

竹本は片方の眉をわずかにあげて、若い者を見つめ返した。

「出入り先の娘に手を出したのだ。それぐらいは覚悟の上ではなかったのか」

「馬鹿言うんじゃねぇ！」

若い者は目に涙を浮かべて地団駄《じだんだ》を踏む。

「しつっこく誘ってきたのはあっちだぜ！　俺は、どうにも断り切れねぇで挨拶にいっただけだ。それなのに、蔵ん中に引っ張り込まれて……」

「夜中にこっそり出向くことを〝挨拶にゆく〟とは言わぬ」

「畜生ッ、あの娘といい、手前ェといい、とんだ疫病神《やくびょうがみ》だ！　どうにもこうにも腹の虫が収まらねえ！」

竹本は自分を取り囲んだ若い者たちを見た。皆、この植木職人と同じ年格好だ。悪い遊び仲間なのかも知れない。

手に手に棍棒《こんぼう》などを握り、数を頼みに、勝ち誇ったような顔をしているが、腰は据わらず、棍棒を握る〝手のうち〟もできておらず、武芸の心得などまったくないことは明白だった。

（何もかもが煩わしい）

竹本は無造作《むぞうさ》に踏み出した。そして拳《こぶし》を、植木職人の腹に叩き込んだ。

若い植木職人は、何が起こったのかわからない、という顔をしていたが、一呼吸おいて顔をしかめて、「ウウッ」と呻いた。そしてストンと、その場に膝から崩れ落ちた。

「あっ」

「野郎ッ」

仲間たちが事態に気づいたが、その悪罵も終わらぬうちに全員が、竹本の拳を食らって昏倒《こんとう》させられた。

（まったく愚かしい）

竹本は倒れた四人には目もくれずに歩きだした。拳には、人を殴った感触すらほとんどなかった。柔かな腹部を殴っただけだからだ。

せめて、こちらも痛い思いをさせられるほどの相手でなければ張り合いがない。

（虚しい……）

何もかもが取るに足りない。それなのに、その取るに足りない相手が、竹本を著《いちじる》しく不快にさせて、悩ませる。
竹本は憂鬱《ゆううつ》そうに首を振りながら、春の日差しの中を歩み去った。

第二章　剣の魔境

一

「ふわぁぁあっ」

銀八は大きな欠伸《あくび》を漏らした。

朝の五ツ半（午前九時ごろ）。江戸の町人たちは仕事の真っ最中。大工の使う金槌《かなづち》の音がどこからともなく聞こえてくる。棒手振《ぼてふ》りの魚屋などは早朝に仕入れた分を売りさばき、魚河岸に向かって二度目の仕入れに走っている頃合いだ。

しかし八巻家の朝は遅い。卯之吉は今朝も朝帰りであったし、小者《こもの》の銀八もそのお供に従っていた。

銀八は着物の裾を尻《しり》に端折《はしょ》って、庭先で箒《ほうき》を使っていた。どこから見ても同心屋敷の小者にしか見えぬ姿で、その心中は複雑だった。

「なんだってあっしが、こんなお役を勤めなくちゃならねぇんでげすかねぇ」

小者としての勤めが忙しくて、幇間《ほうかん》芸を磨いている暇もない。唄や踊りの稽古ともすっかりご無沙汰だ。

もっとも銀八は、江戸で一番、唄と踊りの下手な幇間だ。最初から芸事の才など皆無であるから、稽古をしたところで、芸に磨きがかかるものでもない。

ところが、そうとは思わぬ銀八本人だけが、このままでは幇間としてやっていけなくなってしまう、などと嘆いている。

愚痴をこぼしながら塵《ちり》を掃き寄せた、その時であった。

「御免。こちらは南町の同心、八巻殿のお役宅か」

表道から声をかけられた。口調から察するに武士の身分であるようだ。

「へいへい。ただいま」

銀八は箒を置くと、片開きの戸に向かった。同心の身分は低いので、塀や門を構えることは許されない。表道との境は生け垣で、出入り口として、一枚の扉があるばかりであった。

その扉を銀八は開いた。表道に、まだ十二、三歳ぐらいに見える子供が立っていた。

元服前なのであろう。前髪を立てている。着物は長い振袖で、派手な絵柄が刺《し》繍《しゅう》されていた。袴を穿《は》いて、腰には短めの刀を二本差していた。

その背後には挟箱《はさみばこ》を担《かつ》いだ老僕を一人、従えている。華麗な身形《みなり》から察するに貧乏御家人の子ではない。旗本か、あるいは大名家の家臣の子だと思われた。

銀八は「へへっ」と低頭した。

「これは若君様。お察しのとおり、ここが南町同心、八巻の屋敷にございますでげす」

若侍は「うむ」と頷《うなず》いた。

「八巻殿はご在宅か。是非ともお目にかかりたい」

「へいへい。それじゃあ、お取り次ぎをいたしやすが、若君様のご尊名をお伺《うかが》いいたしとうございやすでげす」

「これに」

若侍は手札を差し出した。いわゆる名刺である。

「へいへい。それじゃあ、お入りなすって。なにしろこのお屋敷にゃあ玄関なんて上等なもんはございやせん。そちらの框《かまち》の、沓脱《くつぬ》ぎ石の前でお待ちくだせぇ」

武士を台所口に通すわけにはゆかないので、前庭の縁側の前で待ってもらうことにして、銀八は台所口に駆け込んだ。

「お客様なの？」

朝餉《あさげ》の支度《したく》をしていた美鈴《みすず》が、手拭《てぬぐ》いで手を拭きながらやって来た。

銀八は手札を見せた。

「信濃国《しなののくに》、大和田《おおわだ》家中、宇津木雅楽《うつきがらく》ってお人らしいでげす」

「〝がらく〟じゃなくて〝うた〟でしょう」

「はぁ、そう訓《よ》むんで」

「どんな人？　まさか、武芸者？」

南町の同心、八巻卯之吉は、高名な剣客でもある。江戸の町には全国から諸大名が参勤交代でやって来る。剣術指南役も随行して来るのであるが、それら武芸自慢の豪傑たちを差し置いて、江戸で五指に数えられる使い手だとの高名を得ていた。

八巻の武名を聞きつけて、多くの者たちが押しかけて来る。そんな武芸者たちを追い返すのが、美鈴の仕事になっていた。

銀八は首を横に振った。

「娘っ子みたいにお綺麗《きれい》な若君様でげす。刀を抜いて暴れたりはしねぇと思うでげすよ」

「だといいけど」

美鈴は念のため木剣を取りに走った。先方が立ち合いを望むのであれば、八巻の高弟という触れ込みで、美鈴が撃退しなければならない。

銀八は卯之吉の座敷に向かった。


「若旦那、若旦那」

銀八は卯之吉を揺さぶり起こそうとした。卯之吉は頭まで夜着をかぶって寝ている。何度もしつこく揺さぶっていると、ようやく、うめき声が聞こえてきた。

「なんだい、もう朝かい」

「とっくの昔に朝でげす」

江戸っ子の〝朝〟とは、七ツ（午前四時ごろ）から六ツ半（午前七時ごろ）を差す。商家は六ツ（午前六時ごろ）に開店するのだ。朝が極端に早い江戸っ子の感覚だと、この時刻はすでに昼間に近かった。

「まだ出仕の刻限には間があるだろう。寝かせておいておくれな」

いかにも眠そうな声で卯之吉が言った。

「いけませんでげす！　お客様が来てるでげすよ」

「客？　町人かい。それなら真っ直ぐ、南町のお奉行所に行くように伝えておくれ」

同心の家には、町人たちが挨拶《あいさつ》や相談、陳情に押しかけて来る。いちいち相手をしていたら寝ている暇もない——というのが卯之吉の物言いなのだが、町人の言葉にいちいち耳を傾けるのが町方役人の仕事だ。

「横着《おうちゃく》にもほどがあるでげす」

呆《あき》れながらも銀八は、卯之吉を揺さぶり続けた。

「違うでげすよ。お越しになったのはお武家様でげす」

「お武家様？　ご用件はなんだね？」

「それを、会って聞き出すのが若旦那のお役目じゃねぇでげすか。さぁ、起きるでげす！　お武家様をお待たせしては申し訳ねぇでげす」

銀八は夜具を引き剝《は》がした。卯之吉はギュッと目をつぶったまま、身体《からだ》を小さく丸めた。

「ふわぁあっ」

手水《ちょうず》で口を濯《すす》いだ後で、卯之吉は大きな欠伸を漏らした。

「もう！　しっかりするでげすよ。南町の御体面《ごたいめん》がかかってるんでげすから」

着崩れた着物の衿《えり》を直して、帯を締め直す。卯之吉は半分眠った顔つきで、されるがままになっている。豪商の若旦那というものは横着者が多かったが、これほどまでに横着な男は珍しい、と銀八は思った。

「お客様はどうしたえ？」

「表座敷にお入りいただいたでげす。さあ、行くでげすよ」

卯之吉を引っ張って表座敷に向かう。濡《ぬ》れ縁《えん》に膝をついて障子《しょうじ》を開けた。

卯之吉は怠惰な風姿で、座敷の中に踏み込んでいった。

（本当に大丈夫なんでげしょうかね？）

銀八が心配してしまうほどに、脱力しきった姿であった。

座敷には、振袖姿の若侍が一人で座っていた。従者は台所で待たされている様子だ。その台所に通じる廊下には、美鈴が案じ顔で正座している。若侍が挑んできたら、即座に割って入ろうという気構えだ。

それなりに緊張感の漲《みなぎ》る座敷ではあったが、卯之吉はなにも感じた様子もなく、今にも欠伸を漏らしそうな顔つきで歩んできて、若侍の正面に正座した。

「ずいぶんとお待たせしちまいましたねぇ。あたしが南町の同心の、八巻でございますよ」

シャナリと洒脱《しゃだつ》な所作でお辞儀する。どこからどう見ても町方役人には見えない。商家の若旦那か、風流人か、という姿だ。実際にそのとおりなのだから仕方がない。

一方の若侍は、髪を伸ばせば娘にも見える美少年であったが、あくまでも武張《ぶば》った物腰で、四角四面に構えていた。

「大和田家中、宇津木雅楽《うた》と申す」

声変わり前の美声ながら、傲然《ごうぜん》と言い放つと、軽く会釈をした。町奉行所の同心は身分が低い。その程度の挨拶で十分だと思っているのに違いない。

卯之吉は吉原で育ったような男なので、身分秩序には疎《うと》かった。なにしろ吉原は武士も町人もない究極の無礼講だ。宇津木雅楽の態度などまったく気にせず、首を傾《かし》げた。

「大和田様と仰《おっしゃ》ると、信濃国の御譜代《ごふだい》で、ええと、石高《こくだか》は五万八千石でしたかねぇ？」

　雅楽は少しばかり驚いた顔をした。

「良く諳《そらん》じておるな」

　さすがは南町随一と評判の切れ者——などと口の中で呟《つぶや》き、あらためて背筋を伸ばした。

　卯之吉は惚《とぼ》けた顔で何事か思い出しながら、続けた。

「そちらのお殿様には、お目に掛かったことがございますよ」

「なんと！」

　雅楽は仰天した。卯之吉はしれっとした顔つきで答えた。

「吉原にお忍びでねぇ、足をお運びになったのですよ」

「我が殿が、吉原に……。そうか、貴公は吉原同心でもあったのだな」

「そのお役はとっくに免じられていますよ」

　卯之吉は屈託もなく微笑《ほほえ》んだ。罷免《ひめん》されても恥とは思わないのだから、まったく恥じ入る様子もない。

　しかしその笑顔を、宇津木雅楽は別の意味に受け取った。

「左様《さよう》か。もう吉原には関わりがないから、我が殿の行状《ぎようじよう》には目をつぶる、とのご厚情か」

卯之吉を切れ者と信じる雅楽は、卯之吉の笑顔からその内心をあれこれと忖度《そんたく》して、勝手に誤解をしたようだ。

しかし卯之吉はまったく何も考えていない男なのである。もっと聞き捨てのならないことを、ポロッと口にした。

「そちら様の江戸家老様も、存じあげておりますよ」

「家老？　家老も吉原での遊興でござるか」

「いいえ、三国屋に借金をするために、おいでになりました」

雅楽はますます仰天した。

「み、三国屋とは……？」

「日本橋室町にある札差《ふださし》で、両替商で、高利貸しでもございます。あたしの……いいえ、それはなんでもございません」

「高利貸しだと！」

「お大名様に金子《きんす》をお貸しすることを、俗に大名貸しと申しますが、そういった商いもやっておるわけです。はい」

「我が家中が、商人に借金をしておるのか……！」

元服前の若侍は、世間の厳しさを理解していなかったようだ。己が仕《つか》える家の内情を初めて知って、衝撃を受けた顔つきであった。

「いずこのお大名様も、お勝手は火の車でございますから、お気になさることはございませんよ」

「しかし、なにゆえ貴殿が、当家の借金について知っておるのだ」

「それは、まぁ……」

本当のことを教えると、卯之吉の正体が露顕《ろけん》する。

「あたしも町方同心の端《はし》くれでございますからねぇ……。町人たちの営みは、いろいろとこの耳に入って参りまして」

「うぬう。大名家と札差の借財にまで目を光らせているとは……。噂どおりの、いや、噂以上の辣腕《らつわん》同心でござるな」

「いえいえ。とんでもございません」

卯之吉は軽く手を振った。謙遜《けんそん》したつもりはない。世間の噂はまったくの誤解なのだと、誰よりも理解している卯之吉だ。

「とんだ買いかぶりでございますよ」

そう言って、照れ隠しにニヤニヤと笑った。そんな姿が辣腕同心ならではの余裕に見えようとは、まったく思ってもいないのであった。

雅楽は、子供とは思えぬ鋭い眼光で卯之吉を睨《にら》んだ。卯之吉はまったく気にする様子もなく、訊《たず》ねた。

「それで、本日のご用向きは、なんでございましょうかね？」

雅楽は「左様」と答えて居住まいを正した。

「拙者、人探しをいたしておる」

「お人探し？」

卯之吉は首を傾げた。

「それでしたら、日本橋の橋詰や、浅草寺《せんそうじ》に行きますとですね。迷子の報《しら》せを張りつける石標《いししるべ》が建っておりますから、その石標の〝尋ねる方〟というほうに、迷子のお名前や年格好を書いた紙を張っておくとですね、心当たりのあるお人がそれを見て、報せを寄越してくださるという――」

「迷子を探しておるのではござらぬ！」

子供ながらに胆力のある声で一喝されて、卯之吉は正座したままピョンと跳ねた。

「手前が探しておるのは仇《かたき》でござる！」

「はぁ」

卯之吉は気の抜けた声で答えた。

「仇《あだ》討ちでございますかえ」

すると若侍は、急に動揺した様子になった。「いや、その……」などと口ごもっている。

「どうかなさいましたかえ」

「いや。なんでもござらぬ。とにかく拙者は、仇を探しておるのだ」

「なるほど、それで、町奉行所に仇を探す手伝いをしてくれ、と」

「い、いかにも……。これに、その者の氏名、人相、風体が書かれておる」

雅楽は封書を差し出した。中に人相書きが入っているのであろう。

「仇討ちのお相手を見つけ出せばよろしいんですね」

そういう依頼が町奉行所に持ち込まれるのは、実は珍しくなかった。

江戸の長屋で住み暮らす者たちは、皆、大家の監視を受けている。大家は町役《ちようやく》人《にん》の支配下にあり、町役人は町奉行所の管理下に置かれていた。

町役人の身分は町人だ。町奉行所の仕事を委託されているので〝役人〟を名乗っている。

町奉行所が「こういう人相の、何歳ぐらいの男を探せ」と命じれば、町役人は江戸中の長屋の大家に差し紙を回して、該当する人物を洗い出す。仇が江戸で暮らしているのならば、いつかは居場所が露顕する。

「あい、承知いたしましたよ。あたしが内与力に伝えておきます。人相書きも渡しておきますので、それでは今日はこのへんで」

寝床に戻って、もう一眠りしたい卯之吉は、そそくさと腰を上げようとした。

「あっ、いや――」

宇津木雅楽が慌てて止めた。卯之吉は「おや?」と、見つめ返した。

「まだ何かご用がおありで?」

雅楽は苦悶《くもん》に満ちた顔つきでうつむいた。両手の拳《こぶし》をきつく握っている。

「南町奉行所には、すでに我が家中の者が、挨拶に伺《うかが》っておる」

「はぁ、左様で。……それなのにどうしてわざわざ、あたしなんぞの所へ更《あらた》めてお越しになられましたかね」

雅楽は美しい顔をますますしかめてから、答えた。

「貴殿がその仇を見つけられたら、当家の江戸屋敷にではなく、拙者にのみ、内密に報せてほしいのだ」

「はぁ、それは構いませんですけれども」

若侍は「えっ」という顔をした。

「構わぬのか。……い、いや、早速《さっそく》のご承服、かたじけなく存ずる」

若侍は低頭した。

卯之吉は首を傾げた。

「しかしですねぇ、あたしより先に町奉行所の偉い人が、そちらのお屋敷に報せに行ってしまったら、どうしましょうかねぇ」

「だから、こうして八巻殿に頼んでおるのだ」

「どういう理屈ですかえ」

「八巻殿は南北町奉行所きっての辣腕同心。その眼力は千里眼の如くに鋭く、江戸市中を隈《くま》なく見張っておると聞き及んだ」

「どなた様がそんなことを仰っているんですかえ」

「そのうえ、俠客どもを子飼いの郎党の如くに召しつかって、探索に走らせておるとか。八巻殿ならば、町奉行所より先に、手前の仇敵《きゅうてき》を見つけ出すことができるはず、と、かように愚考したのだ」

「あたしはそんなに偉い者じゃあございませんよ」

「ご謙遜は無用」

雅楽は懐から懐紙に包んだ小判を出した。

「手前、いささか手元不如意《ふにょい》で、これしか金子を用意できず……」

厚さから察するに五両が包まれているようだ。

「八巻殿がお約束を果たしてくだされたのちには、また同額をお持ちいたすゆえ、此度《こたび》はこれでご承服いただきたい」

「いえ、そんなものは要りませんよ」

雅楽は「ギョッ」とした様子であった。

「足りぬ……と申されるか」

「いいえ。この家には、そういったものは腐るほどございますので。どうぞお持ち帰りください」

薄笑いを浮かべながら言う。雅楽はますますわけがわからず、訝《いぶか》しそうに卯之吉を見た。

「しかし、面倒な仕事を頼むのだ。タダというわけには……」

「いいんです、いいんです。話はそれだけですかね」

「そ、それだけでござる」

「では、承知しました。おおい銀八。お客様がお帰りだよ」

台所から「へーい」と間の抜けた声で返事があった。

最初から最後まで調子の外れた屋敷だ。宇津木雅楽は動揺を顔に張り付けたまま、腰を上げた。

二

「あの若侍、変です」

お櫃《ひつ》の横に陣取った美鈴が、山盛りによそった椀を差し出しながら言った。

「なにが変ですかね」

卯之吉は椀を受け取り、欠伸を嚙み殺しながら訊ねた。

「だって、仇の居場所をこっそり自分だけに教えてくれ、なんて……。妙です。まるで闇討ちにしようとしているかのような……」

「闇討ちですかえ」

山盛りの飯にウンザリしながら卯之吉は訊き返した。

「あの若侍様のお申し出は、そんなに、道理に適《かな》わぬことですかえ」

卯之吉は武家社会の作法というものを良く知らない。だから、この若侍の申し出の異常さに気づいていない。

仇討ちは公務である。一種の公開処刑であり、仇討ちが果たされることで、社会秩序の回復を皆に報せる意図がある。白日の下、正々堂々、行われるように取り計らわなければならないのだ。

美鈴は首を傾げた。

「本当に、仇討ちをする側なのでしょうか」

「と、仰ると？」

「仇の側に与《くみ》する者で、仇を逃がそうとしているのかも知れません」

「だったら、すぐに『逃げろ』と伝えればよろしいんじゃ？」

「仇が隠れている場所を知らない、ということも考えられます」

「なるほど。町奉行所からの報せを受けた大和田様の御家中より先に、仇に報せて、逃がそうっていう魂胆《こんたん》ですね」

「その仇は、なんという名なのです」

卯之吉は傍らに置いてあった封書を開けて、人相書きを広げた。

「ええと……。竹本新五郎《しんごろう》。四十七歳、だそうです」

人相書きを美鈴に手渡す。美鈴は目を通した。

卯之吉はお新香をポリポリと嚙み、お茶と一緒に飲み下してから言った。

「荒海《あらうみ》の親分さんの所へ、町飛脚《まちびきゃく》で送りましょう。荒海一家の皆さんに頼まないことには、どうにもなりはしませんから」

「町飛脚ではなく、あたしが持って参ります」

事の次第をきちんと話して、三右衛門《さんえもん》たちに含んでおいてもらわなければならない、と、美鈴は考えた。

「そうですか。それじゃあ頼みましたよ」

卯之吉は、御飯のほとんどを残して、箸を置いた。

三

その日の昼すぎ。美鈴は常夜灯の陰から半分ほど身を乗り出した。

視線の先には大名屋敷の門がある。信濃国、五万八千石、大和田家の上屋敷だ。四谷の見附の東側、甲州街道に沿って、信濃国に所領を持つ大名家の屋敷が連なっていた。

美鈴は塗笠《ぬりがさ》を被《かぶ》り、羽織袴を着けて、腰には刀を差していた。若侍にしか見えぬ格好で、武家地の景色に溶け込んでいる。

「まだ出て来ねぇのか」

美鈴の後ろから荒海ノ三右衛門が首を伸ばした。二人で常夜灯に身を隠しながら、宇津木雅楽が出てくるのを待ち構えていたのだ。

「まったく、気が急《せ》くったらねぇぜ。いっそのこと、屋敷に押し込んでやりてぇぐらいだ」

三右衛門は気短な性《たち》である。張り込みには向かない。

「だから、寅三《とらぞう》さんに任せておけばいいって言ったのに」

「馬鹿を言え。オイラは八巻の旦那の一ノ子分だぜ。人任せにできるかい」

三右衛門はいつでも身軽に走れるようにと、着物の裾を尻っ端折りにしている。そんな姿で美鈴の背後にいる姿は、美鈴の従者にしか見えないのであるが、そこまでは気が回らない様子であった。

その時であった。

「おい貴様たち。そこで何をいたしておる！」

背後から居丈高《いたけだか》に誰何《すいか》された。三右衛門が振り返ると、いずこの屋敷の者なのか、若い田舎侍が刀の鞘《さや》に反《そ》りを打たせて凄《すご》んでいた。

「物陰から大名屋敷の門前などを窺《うかが》いおって！　胡乱《うろん》な奴ばらじゃ！」

（面倒そうな野郎に見つかっちまったなぁ）

三右衛門は苦虫を噛み潰したような顔をした。

確かに、傍目《はため》には怪しく見えることだろう。武家地は人通りが少なく、長い塀が連なっているので、身を隠す場所がない。張り込みには不向きな場所だ。

三右衛門は咄嗟《とっさ》に腰を屈《かが》めて低頭した。

「オイラは、南町の八巻の旦那の手札を預かる者でござんして……」

同心の手札（名刺）を預かる者とは、岡っ引きのことだ。十手《じって》は預かっていないが、手札ぐらいは借り受けていた。

武士の顔つきが覿面《てきめん》に変わった。

「なんだと、南町の八巻……！」

その名は参勤の田舎侍の耳にも届いていたようだ。三右衛門は（どうだい、この野郎の顔色を見ろ）と、内心勝ち誇りながら、証拠の手札をチラリと見せた。

「あっしらは南町の御用で、探索をしているんでござんす」

「なるほど、それでそんな所から――」

そして武士は、ハッとして、美鈴を見た。

「も、もしや……、そこもとが、八巻殿……？」

美鈴はこの武士が誰何してくる前に、その接近に気づいて身を翻《ひるがえ》して、正面に対している。いかにも一流の武芸者らしい身のこなしで、微塵《みじん》の隙《すき》も感じられない。笠で顔の半分を隠しているが、笠の縁から覗いた鼻筋や口許、ほっそりとした顎《あご》の線は、噂どおりの（八巻の噂だが）美貌であった。

美鈴は何も答えない。面倒なので、誤解されるに任せるつもりだ。

武士のほうは、人斬り同心の噂を思い出したのか、途端に身震いをし始めた。

一方、三右衛門は調子に乗っている。

「ウチの旦那は、ご老中様のお屋敷にも伺候《しこう》なされるってぇ御方でございまさあ。御用の筋で見張ってるんでござんす。邪魔しねぇでおくんなせぇ」

「お、おう……。お役目ご苦労に存ずる。左様ならば、拙者はこれにて……」

若侍はそそくさと逃げ去って行った。三右衛門はニンマリとほくそ笑んだ。

「どうでぃ、ウチの旦那の偉いことときたら」

「笑っておる場合ではない」

美鈴は三右衛門を常夜灯の陰に押し込んだ。

「大和田屋敷の耳門が開いたぞ」

緊張感からか、すっかり男言葉となっている。

「おっと、いけねぇ」

二人は物陰に戻って、門を注視した。開かれた脇の扉から、次々と武士が出てきた。美鈴は四人目に目を止めて、

「あの若侍だ」

と、囁《ささや》いた。

「どいつだよ」

三右衛門も目を凝らす。

「派手な振袖の子供だ。宇津木雅楽を名乗って屋敷に乗り込んできた」

「なるほど、こいつは良く目立つ」

三右衛門はその顔かたちを見覚えた。

美鈴は「ムッ……！」と唸《うな》った。総身に緊張を走らせたことが、三右衛門にもわかった。

「どうしたい」

「周りの侍たちだが、皆、かなりの使い手だぞ」

宇津木雅楽を取り囲んで、田舎侍たちが四人、立っている。田舎侍だとわかるのは、着物の仕立てや髷《まげ》の形がいかにも野暮ったいからだ。

「いかん！　こちらの気息を気取られる」

男の一人が美鈴たちに目を向けたその瞬間、美鈴は自分から常夜灯の陰を離れた。堂々たる足どりで道に出ると、門前の男たちに背を向けた。

「ついて参れ。あの者たちには目を向けるな」

三右衛門に命じる。三右衛門も只事《ただごと》ならぬ気配を覚《さと》って、美鈴の後ろについた。そのまま真っ直ぐに歩いて、どこかの大名屋敷の、塀の角を曲がった。

「……どうやら、気取られずにすんだようだな」

塀の陰で、美鈴は大きな溜息《ためいき》をついた。三右衛門が寄ってきた。

「そんなにおっかねぇ手練《てだれ》揃いだったのかよ」

「うむ。四人が四人とも、厳しい稽古を積んだ者と見た。五万八千石の家中だ。それほど家臣は多くあるまい。あの家中においては、それと知られた武芸自慢の者どもであろうな」

「なんだって、そんな野郎どもがあの若侍の周りに集まってるんだい」

「それはわからぬ。これから調べてゆかねばなるまい」

いずれにしても、宇津木雅楽が大和田家の者だということはわかった。それについては嘘はなかったようだ。

「ようし」

と、三右衛門が意気込んだ。

「そういうことなら、オイラに手立てがあらぁ」

「何をするつもりだ」

「オイラの表稼業は口入れ屋だぜ。あちこちの大名屋敷に下働きの下男や下女を世話していらぁな。その手を使って、気の利いた者《もん》を送り込んでやる。大和田屋敷に探りを入れるのよ」

「なるほど、それは妙手かも知れぬ。だが、相手は使い手揃いだ。十分に気をつけるのだぞ」

「言われるまでもねぇぜ」

二人は急いでその場を離れた。

四

竹本新五郎は下谷広小路近くの貧乏長屋で住み暮らしていた。竹本が路地に入っていくと、子供たちが怯《おび》えた顔で逃げ散って行った。

別段、険《けわ》しい声で叱りつけたり、拳骨《げんこつ》をくらわせたりしたことがあるわけではないが、子供というものは人間の本質を見抜く。これまでに何人も人を斬ったことのある恐ろしい男だということを、本能的に察知しているのに違いなかった。長屋に暮らす女たちも、竹本に良い顔は向けてこない。敬して遠ざくの態度に徹している。

竹本も他人を恋しがる性格ではなかった。井戸端の女たちには挨拶もせず、目を向けずに通りすぎると、長屋の障子戸をピシャリと閉ざした。

竹本が路地を通る間は、息を凝らして黙《だんま》りを決め込んでいた女たちが、何事もなかったかのように、お喋りを再開した。

竹本は長屋に上がり込むと、刀を帯から抜いて、板敷きにドッカと腰を下ろした。

狭い部屋の中には、ほとんどなんの調度もなかった。畳も敷かれておらず、布団もない。竹本は夜具は使わず腕枕で寝る。武者修行での野宿が習慣になっていたからだ。行灯《あんどん》もない。竹本は夜なべ仕事などはしないし、書見もしない。夜中の明かりなど、まったく必要がないのだ。天涯孤独の身上で、仏壇や位牌《いはい》も置かれてはいなかった。湯呑《ゆのみ》茶碗だけが転がっている。

竹本は板敷きの真ん中であぐらをかいていたのだが、すぐに立ち上がった。

(酒でも飲まねばやっていられぬ)

幸いなことに金だけはある。大和屋からもらった口止め料だ。行きつけの一膳飯屋の安酒でも食らおうと考えた。

用心棒で雇われている間は、酒も飲まず、食事も控える竹本なのだが、本当はかなりの酒好きだった。

刀を摑み取り、三和土《たたき》に脱ぎっぱなしの雪駄《せった》に足指を通す。立て付けの悪い障子戸を開けると、女たちのお喋りがまた、ピタリと止まった。

竹本は後ろ手に障子戸を閉めた。女たちの後ろを通って、表道に向かう。留守を頼む必要もない。盗まれそうな物は何も所持していない。

竹本が木戸を出ると、女たちの明るいお喋りが再開された。

行きつけの一膳飯屋へ歩いていた時であった。道の向こうから、なんとも甘ったるい声が聞こえてきた。

「弥五さん、お足はどうなってるんだよぅ。月末までには用意してくれるって約束したじゃないか」

まだ声変わりも済んでいない、甲高《かんだか》い男の声だ。

やたらと派手な振袖姿の男が、その袖を振り回しながらやって来た。

(芝居者か)

竹本は一目で見抜いた。足の運びが常人とは異なる。芝居の稽古をつんだ者に特有の——武芸者とは別の意味で——玄人《くろうと》の行歩《ぎようぶ》であった。

「ねぇ、頼むよ弥五さん、お足が足りないと衣装も新調できないんだよぅ」

天下の往来で憚《はばか》りもなく声を張り上げる。よほど金銭に執着する性格であるらしい。

対《つい》になって歩んでくるのは、うらぶれた身形の浪人者だ。若い芝居者はその浪人に執拗《しつよう》に絡んでいる様子であった。

(衆道《しゆどう》か)

ますますどうでもよい話だ。竹本は無視して通りすぎようとしたのであるが、

「ムッ……」

ふいに、その足を止めた。

(あの男、ただ者ではない)

芝居者にまとわりつかれ、嬉しそうに面相を蕩《とろ》けさせつつ歩んでくる浪人者だ

が、その足の運びや腰の座りには、鍛えられた剣客だけに特有の重みと粘りが感じられた。

浪人者もピタリと足を止めた。芝居者にまとわりつかれていた時にはフニャフニャの蒟蒻《こんにゃく》のようだった顔つきを突然、凄《すさ》まじく引き締めさせた。射るような眼光で竹本を見据える。浪人の視線と竹本の視線が、空中で激しい火花を散らしあった。

「ねぇ、弥五さん、聞いてるのかい？　オイラ、本当に、切羽《せっぱ》詰まってるんだよう」

芝居者だけが何も気づかず、甘ったるい声を上げ続ける。竹本と浪人者は暫時《ざんじ》睨み合っていたが、やがて、どちらからともなく黙礼して、足を踏み出し、十分に距離を取ったまま、行きすぎた。

さながら、山道で二匹の肉食獣が鉢合わせをしたようなものであった。互いに互いをおぞましい凶獣だと理解しつつ、しかしここで嚙み殺しあっても益はないと悟って、離れたのだ。

竹本は、何もなかったような顔つきで歩んでいく。背後からはいつまでも、芝居者の声が聞こえていた。

竹本は一膳飯屋で酒を食らい、ほろ酔い加減で自分の長屋を目指した。

江戸の町では昼日中の酔っぱらいは珍しくもない。夜間照明の油は極めて値が張るために、夜中に酒を飲むことが難しいのだ。

吉原などで夜間に宴席を張ることができるのは、油や蠟燭《ろうそく》を買うことのできる金持ちに限られていた。貧乏人は昼間に酒を飲んでいたのであった。

通りに面して大きな建屋があった。その板壁の武者窓に、町人たちが鈴なりになっていた。建屋の中を、皆で覗きこんでいる。

(町道場か)

昨今、町人地の仕舞屋《しもたや》などを借り受けて、剣術の道場を開く剣客が増えてきた。町人の経済力に対抗するために、幕府が文武を奨励し始めたからだ。

熱心に通ってくるのは、旗本や御家人の子弟たちである。家を継ぐことができるのは嫡男のみなので、弟たちは自力で運命を切り拓《ひら》いてゆかねばならない。剣術の達人になれば養子の声がかかるのではないか。あわよくば剣術指南役として大名家に召し抱えられるのではないか、などと、見果てぬ夢を追っているのだ。

竹本は苦々しい顔をした。

若き日の竹本もまったく同じことを考えて、剣術修行に邁進《まいしん》した。その結果、一角《ひとかど》以上の剣客になったと自負している。それなのに、運命は拓けるどころか、窄《すぼ》まっていく一方だ。

（算盤《そろばん》の修業でもして、商家に婿入りしたほうがましだ）

竹本ですら、そう思う。

しかし武士の家に生まれてしまった者たちには過剰な自尊心があった。前掛けをつけて愛想笑いを浮かべつつ、客に頭を下げることなどできはしない。武士に生まれた誇りと、武士に生まれた難儀とを、同時に抱えて生きて行くしかない。

またしても虚無感が竹本の心に去来した。竹本は陰鬱《いんうつ》な顔つきで、町道場の武者窓の前を通りすぎようとした。

「おう、あの浪人は強《つえ》ぇなぁ」

覗き見している町人が大きな声をあげた。紺色の法被《はっぴ》を着ている。仕事を怠けた職人であるらしい。

娯楽の少ない時代だ。皆で面白がって道場稽古を観戦する。道場のほうでも、良い宣伝になると考えて、覗き見を黙認している節があった。

今の竹本にはなんの関心もない。黙然と通りすぎようとした。──その時であった。

凄まじい気合が武者窓を通じて伝わってきた。直後、ズシンと重い音が響いた。竹本は足を止めた。これは誰かが道場の壁板に叩きつけられた音に違いなかった。

(鋭い突きを食らった門人が壁まで吹っ飛ばされたのだ)

突きを繰り出した者が誰かは知らぬが、恐ろしい膂力《りょりょく》であることが推察できた。

「あの浪人は強いぞ。見所《けんじょ》の先生でも勝てねぇのじゃねえか」

窓を覗いた別の男が言った。

「道場の高弟が三人も倒されちまったぞ」

それを耳にした竹本は、「ふむ」と唸った。そして自らも、武者窓に近づいて、道場の中を覗きこんだ。

外は明るく、道場の中は薄暗い。だが竹本には修行で鍛えた視力がある。すぐに道場内の様子を見て取ることができた。

(あの男だ……!)

一膳飯屋に向かう途中で見かけた浪人。芝居者にまとわりつかれていた男だ。道場の板敷きに仁王立ちになって、見所に座った道場主を睨みつけていた。

(なるほど、道場破りか)

衆道の相手に金を無心され、手っ取り早く稼ぐため道場破りに手を染めたのに違いなかった。

竹本は視線を見所に向けた。道場の上座に一段高い壇が造られている。そこを見所という。道場主や客などが、稽古を見守るための場所だ。

道場主らしい中年男は、派手な柄の袖無し羽織をつけ、もっともらしい姿で座っていたが、その顔色はいかにも悪い。道場破りに実力で劣ると自覚している顔つきだ。

竹本は、フラリと、道場の入り口に向かった。そして断りもなく上がり込んだ。

道場の入り口には誰もいない。門人たちは皆、道場に集まって、固唾《かたず》をのんでいるのだろう。竹本が道場に踏み込んでも、誰一人、それに気づく者はいなかった。

問題の浪人はこちらに背を向けて、道場の真ん中に立っていた。

「ご門人はあの有り様だが――」

竹本の予想したとおりに、一人の門人が壁際で気を失っていた。別の門人二人が介抱しているが、目を覚ます様子もない。

他にも、二人ばかりの門人が道場の隅に横たえられていた。二人ともがこの道場破りに打ち負けたのだと思われた。

道場破りは見所の道場主を睨みつけている。道場破りは背丈が六尺以上ある。完全に見くだす格好になっていた。

「次は、どなたがお立ち合いくださるのですかな」

暗に、道場主に向かって「立ち合え」と挑発した。

これを受けて敗れれば、道場主は信用と面目《めんぼく》を失う。せっかく開いた道場も、畳まなければならなくなるだろう。

それが嫌ならば金を握らせるしかない。道場破りのほとんどは強請《ゆすり》が目的だ。金を握らせれば途端に辞を低くして、「こちらの先生には敵《かな》いそうにないので退散いたす」などと言って、引き上げるのだ。

道場主も腹をくくった様子だ。

「まずは粗茶など如何《いかが》か。お疲れであろう。暫時休息の後に、身共が立ち合い申そう」

などと言いながら、奥へと誘おうとした。弟子や野次馬の目が届かないところで、手打ちの密談をするのである。

道場破りは「うむ」と頷こうとした。その時であった。

「先生。稽古の刻限に遅れました」

竹本はズカズカと道場に踏み込んだ。道場主に向かって正座した。

道場主は何が起こったのか理解できない。目に動揺の色を走らせたが、門人たちの見ている手前、取り乱すこともできずに無言で竹本を見つめ返した。

道場破りは足を踏み替えて、身体ごと振り返った。そして「おや」という顔をした。

「こちらのご門人でござったか」

竹本は陰気な顔つきのまま、頷いた。

「いかにも、当道場の、門弟第一にござる」

そして道場主に目を向けると、手をついて頭を下げた。

「こちらのご浪人、道場破りとお見受けいたしました。なにとぞ、拙者に立ち合いをお許しいただきたく」

道場主は、やっぱり、何が起こっているのか理解できない。竹本とは初対面なのだから当然だ。

しかしここは道場を畳むかどうかの切所《せっしょ》である。道場主にとっては失う物など何もない場面だ。

武者窓の外では「ワッ」と歓声が上がった。

「待ってました！」

「千両役者！」

不謹慎な声が続く。野次馬たちから見れば、道場破りの浪人は憎々しげな悪役だ。押っ取り刀で駆けつけてきて、兄弟弟子の恥辱を雪《そそ》ごうという竹本は、主役の晴れがましさを身にまとっていたのに違いなかった。

その声にも押され、道場主は、人形のように頷いた。

「許す」

竹本は無言でもう一度頭を下げてから立ち上がった。壁際に歩んで、壁に掛かっていた木剣を一本、無造作に摑み取った。スルスルと道場の真ん中に戻ってきて、正眼に構えた。

「お願いいたす」

道場破りはわずかに眉根を寄せた。

「襷《たすき》など掛けずともよろしいのか」

竹本は袖と袴の裾をそのままにしている。

竹本はぶっきらぼうに答えた。

「いらぬ」

「左様か？　邪魔ではござらぬか」

通常、試合の際には襷で袖を絞《しぼ》り、袴の裾は腰帯まで引き上げて、布地が邪魔にならないようにする。

竹本は低い声音で答えた。

「いつ何時《なんどき》、誰に斬りかかられるとも知れぬのだ。咄嗟《とっさ》の際に、『襷を掛けるので待ってくれ』などと頼むことができようか」

「なるほど、道理だ」

道場破りは木剣を構えた。高々と上段に振り上げた。

「いざ、参る！」

凄まじい気を放ち、竹本に向かって、ズンッと踏み出してくる。

道場破りは六尺を超える巨軀《きょく》で、その身の丈に見合った長い木剣を、さらに高く振り上げている。木剣が振り下ろされた瞬間には、さながら、天空から稲妻が落ちたように感じられるのに違いなかった。

一方の竹本は、五尺二寸の中背。江戸時代の成人男子としては、平均よりわずかに高いほどの背丈である。道場破りを前にしては、ずいぶんと小柄で頼りなく見えた。

竹本は——あえて視線を相手の目や木剣には向けなかった。

(見上げれば腰が伸びる)

身体全体が反り返ってしまい、結果、打ち込みの速度が鈍くなる。

(それがこの男の狙いだ)

その手に乗ってはなるまい。こちらは小さく構えて、相手の懐《ふところ》を狙う。打ち抜くのであれば胴だ、と竹本は決めた。

視線はさらに低くつけた。相手の膝に目を向ける。人は剣を振る際に、必ず足と腰から先に出てくる。

(相手の剣など見るまでもない。後《ご》の先《せん》を取る)

相手の打ち出さんとするところに発し、先に相手を打つ。

竹本の身体と視線はさらに低く沈んだ。目は、なにやら眠たそうな半眼だ。

「おいおい、ありゃあ駄目だ。完全に呑まれちまってるぜ」

武者窓の町人が野次った。野次馬の目にはそう映ったのだ。道場破りが大きく振りかぶって堂々と迫るほどに、竹本の背は曲がり、木剣の切っ先も下がっていくのだから当然であろう。

しかしであった。道場破りの足が、ピタリと止まった。あと半歩踏み出して、木剣を振り下ろせば、竹本を打つことができる。その端境《はざかい》の寸前で身動きできなくなった。

「オ、オウッ！」

道場破りが声を発した。今にも打ち込まんとする気勢である。

しかし竹本はピクリとも反応しない。半眼に瞼《まぶた》を閉じた目で、ひたすらに相手の膝頭を見つめている。本気で打たんとすれば膝から出てくる。それ以外は擬態だと見抜いていた。

竹本は、道場破りが木剣を振り下ろす気配を見せても、一向に反応しなかった。それどころか、わずかにジリッと、間合いを詰めた。

すると、なんとしたことか、気合で竹本を押していたはずの道場破りが、わずかに後退したのだ。

竹本はさらに大胆に切っ先を下げた。自分の頭や肩をガラ空きにして、木剣を相手の膝先にピタリとつけた。

もしも道場破りが打ち込んできたなら、竹本はその木剣を打ち払うことができない。なすすべもなく頭蓋《ずがい》を打たれる。木剣とはいえ頭蓋を砕く威力はある。竹本はほとんど即死する。

竹本は、相手の木剣が我が身に届くより先に、相手の膝を粉砕する策に出たのだ。打ち込んでくる瞬間に膝を破壊する。相手の踏み出した足は我が身を支えることができない。身体は横に流れて倒れる筈《はず》だ。頭蓋を狙って振り下ろされた木剣も、横に逸《そ》れる筈であった。

しかしそれは危険な賭けだ。相手の膝を確実に破壊できなければ、竹本は脳《のう》漿《しょう》を飛び散らして死ぬ。

竹本はさらに間合いを詰めた。自分から相手の剣の間合いに踏み込んだ。

「さぁ、打って来い！」とばかりに自分の頭を差し出していく。

その間合いで、道場破りと竹本は、まったく身動きしなくなった。不思議な静寂が、二人の剣客を包み込んだ。

しかし、その静寂は、発火する寸前の火薬に似ていた。門人たちは皆、息をするのも忘れて見守っている。武者窓に張りついた野次馬たちも、下品な野次を飛ばすことができない。

相撲の立ち合いの、まさに両者が立ち上がろうとする寸前の緊張感。それが延々と続く。どちらかが発すれば瞬時に勝負が決して、道場破りが膝を砕かれるか、竹本が脳漿を床にまき散らすかする。

誰もが瞬《まばた》きすらできない。そんな状態が、いったいどれほど続いたのか。ほんのわずかな時間であったのか、それとも半刻近くが過ぎたのか。

道場破りが、フッと緊張を解いた。

同時に竹本がスルリと後ろに下がって間合いを抜けた。

「参り申した」

道場破りが負けを認めて、木剣を引き、頭を下げた。

「到底、拙者の敵うところにあらず。これにて退散いたす」

見所の道場主に一礼してから、身を翻《ひるがえ》して出ていった。

竹本はその後ろ姿が見えなくなるまで見送った。そして、腹中にたまった息を長々と吐き出した。

もはやこの道場に用はない。壁に木剣を戻すと、道場主に軽く一礼して、道場破りと同様、踵《きびす》を返した。

入り口に脱ぎ捨ててあった雪駄を履いて外に出る。入ってきた時と同様の陰鬱な顔つきで道を歩いた。道行く者たちは、この浪人が今まで命の遣り取りをしていたとは思わなかったに違いない。それほどまでに陰気で感情のない顔つきであった。

「お、お待ちくだされ……！」

背後から声がして、誰かが走ってくる気配がしたが、竹本は自分が呼び止められているとは気づかずに、黙々と歩き続けた。

「暫《しば》し！　暫し、お待ちくだされ！」

その男は竹本の前に回り込んできて、頭を下げた。

竹本はその時になってようやく（ああ、）と思った。道場の中に控えていた門人の一人だ。二十歳を過ぎたばかりの、まだ少年の面差しを残した若侍であった。何となく、その顔を見覚えていた。

竹本に表情はまったくない。陰鬱な面相のまま視線だけ若侍に向けた。

「拙者になにか用か」

若侍は弾んだ息をこらえながら答えた。

「ほ、本日は、有り難きご助力を頂戴し……」

そう言ってから、口ごもった。なんと挨拶したら良いものか、頭の中で言葉を選んでいるらしい。迂闊《うかつ》なことを言えば、道場破りに敵し得なかった師匠の非力を認めることになる。

「そのぅ、我が師は、ご貴殿がいかなるご存念で、当道場の門人を名乗られたのか、そのご心底を伺って参れ、と、拙者に命じたのでございまして……」

竹本は「ふん」と鼻を鳴らした。

「わしが助太刀は、いらざることでござったか」

「いえ、決して、そのような……。我が師はご貴殿と、いずこかの道場で共に研《けん》鑽《さん》したことがあったのか、と……。それゆえご助力に駆けつけて下さったのかと考えたのですが、しかし、思い当たる節もなく……」

「当たり前だ。わしはそちらの師匠とは面識もない」

「では、なにゆえ？」

竹本は、憮然《ぶぜん》として視線を空のほうに向けた。

「あの男を見た時、わしは何やら、昔の己の姿を見たように感じたのだ」

「わしもかつては、己の剣の腕前を鼻にかけ、道場破りがましき振る舞いに及んだことがある」

そう言って、ますます陰鬱な表情を浮かべた。何事か、嫌な記憶を思い出したような険しい顔つきとなった。

「今となっては、かつての己の振る舞いを、憎まずにはおれぬ。それゆえ、余計な手出しをしたまでだ。わしの気の迷いで、勝手に助太刀をしたのだ。そちらが気に病まれることはない」

そう言うと、袖を揺らしながら歩みだした。若侍の脇をすり抜けて立ち去ろうとする。

若侍は慌てて追ってきた。

「お待ちくだされ。これを――」

懐紙の包みを差し出してきた。その大きさから、一目で小判が包まれているのだとわかった。

それから若侍は、何事か言いにくそうに言った。

「できますれば、そのぅ、本日のような窮地に陥った際に――」

「と、仰いますと？」

また助太刀を頼みたい、と言いたいらしい。

「この近在にお住まいでござるか。ご助力をお願いいたしたい時には、拙者が使いで参りますゆえ——」

どこに住んでいるのか教えろ、と言いたいようだ。

「断る」

竹本は吐き捨てるように言って、そのまま歩き去ろうとした。若侍は執拗に追ってきた。

「な、なにとぞ！　支度金《したく》が足りぬと仰《おお》せでござれば、拙者が我が師に掛け合いますゆえ！」

掛け合うとは、ずいぶんとさもしい、商人めいた物言いだ。商人が武士の上に立つ世の中となって、武士も自然と計算高くなったらしい。

竹本は振り返ると、凄まじい殺気を若侍に浴びせた。

「これ以上つきまとうのならば斬る！」

竹本は半ば本気で斬るつもりであった。刀こそ抜かなかったが、想念では、若侍の首を真横から一刀の許《もと》に撥《は》ね飛ばしていた。

若侍はストンと腰を抜かした。両目を見開き、口を半開きにさせて声も出せない。

竹本は背を向けると、無言でその場を去った。

五

竹本は長屋に戻った。すっかり酔いは醒《さ》めていた。途中の酒屋で酒を買い、五合入る貧乏徳利を手に提げて帰って来た。

夕刻が近づき、長屋の女たちは夕飯の支度に取りかかっている。それでもやっぱり井戸端に集まって、埒《らち》も無い噂話や悪口に花を咲かせていた。

竹本が木戸をくぐると、そのお喋りが止んだ。女たちは竹本に「お帰り」とも言わなかったし、竹本も会釈《えしゃく》すらしなかった。竹本が自分の部屋の障子を閉めると、また、何事もなかったかのようにお喋りが再開された。

竹本は板敷きの真ん中にドッカリと座ると、貧乏徳利の栓《せん》を抜き、傍らに転っていた湯呑茶碗に注ぎ込んだ。

ゴクゴクと水でも飲むように喉を鳴らして飲む。プハッと酒臭い息を吐きながら、濡れた口許を拳で拭《ぬぐ》った。

剣に溺《おぼ》れていた頃は、酒に溺れることはまったくなかった。それどころか酩酊《めいてい》を憎み、恐れてさえいた。酔って足元がおぼつかなくなった時に斬りかかられたらどうなるか。そんなことばかり考えていたのだ。

しかし今や――、

（酔ったところで何事も起こりはせぬ）

剣で立身出世は叶《かな》わない。今どき剣の達人など、誰からも求められていない。

「くそっ」

竹本は、手にしていた湯呑茶碗をドンッと、勢い良く床に置いた。

その瞬間であった。

湯呑茶碗が二つに割れた。中の酒が溢れて竹本の指を濡らした。

元々が安物の貧乏茶碗で、おまけに縁《ふち》が欠けていた。ひびも入っていたのかも知れない。だから、湯呑が割れたことにはなんの不思議もなかったのだが、しかし竹本はその瞬間、割れた湯呑に天啓を見た。

「死のう」

咄嗟にそう決意した。

割れた湯呑を瞬きもせずに凝視する。

（湯呑茶碗のような、つまらぬ物にも寿命がある……）

人間ならば、尚更《なおさら》ではないか。

割れた湯呑から酒の滴《しずく》が垂れていた。竹本の目にはそれが、真っ赤な血潮のように見えた。

(わしは、縁が欠け、ひびの入った歪《いびつ》な湯呑だったのだ)

誰からも使ってもらえぬ役立たずである。

竹本はおのれ自身を天下の名器とすべく、剣の修行に打ち込んできた。陶工が土を捏《こ》ね、轆轤《ろくろ》を回し、釉薬《ゆうやく》をかけて窯《かま》に入れる。それと同じように細心の注意を払って、おのれを鍛え上げてきた。そのつもりであった。

(だが、それでも必ずしも、良い陶器が焼き上がるとは限らぬ)

なんの弾みでか、名工ですら推測できない力によって、窯の炎の中で陶器は歪になり、あるいは大きなひびを作る。

陶工は焼き上がりに満足がゆかねば、その場で陶器を砕いてしまう。

(でき損ないなどを世に出しても、人の迷惑となるばかりだからだ)

剣術とて、同じことではなかったのか。

(わしは、修行という窯の炎の中で、何を間違えたのか、役立たずの歪《ゆが》んだ器になってしまったのだ)

ならば打ち砕くしかない。

（死のう……）

竹本はそう心に決めた。

その時であった。

「聞いたかい、お兼《かね》さん。あんたの想い人が神田旅籠町《かんだはたごちょう》に現われたってよォ」

井戸端の女たちの声が、障子戸越しに聞こえてきた。

長屋の者たちには関わらぬ竹本には、お兼というのが、どの部屋に住むどんな女なのかもわからなかった。顔すら思い浮かばない。

女たちは口々に、競うように喋っているが、声の主が誰なのかもわからない。

その事実がまた、今の竹本にとっては悲しい。人は皆、楽しげに寄り集まって生きている。竹本はあえて他人との関わりを断つことで、孤高を目指しているつもりであった。しかしそれはただの窯変《ようへん》であった。窯の中で歪んだ器の、ひねくれた心であったのだ。

女たちの声が明るくなった。

「女髪《かみ》梳《す》きのお喜美《きみ》ちゃんも見たって言ってたよ」

「まさか、旦那の髪を梳いたってのかい」

「違うよ。大路で擦《す》れ違ったんだってさ」

「それで、どうだったんだい。噂どおりの好《い》い男なのかい」

「そりゃあもう。人の噂は話半分っていうけどさ、半分どころか、二倍も三倍も、好い男振りだったってさぁ！」

「へぇ！」

「江戸三座の二枚目看板のお役者だって、あれほどには美しくはないだろうって、お喜美ちゃんがさ、そりゃあもう、よだれを垂らしそうな顔で言ってたよ」

「あんただってよだれを垂らしそうだよォ」

「嫌だねぇ！」

女たちは埒も無い軽口で笑いあっている。

（どうしてああも幸せそうなのであろうか）

竹本には不思議に思えるほどだ。どこの誰とも知れぬ好い男が道を通った。ただそれだけの話ではないか。その男が自分の許《もと》に通ってくるというのであればまだしも、なんの関わりもない他人の話で一喜一憂できる。その軽薄さが疎ましくもあり、羨《うらや》ましくもある。

女たちの話はさらに熱を帯びていく。

「ただお綺麗ってだけじゃないんだろ。なんでも、おっかないほどにお強いっていうじゃないか」

「そうさ。江戸の悪党どもが鳴りを潜めちまったのは、旦那を恐がって逃げちまったからだって話だよ」

「暗い夜道を流し歩いては、目についた追剝どもや辻斬りなんかを、ズン、バラリンと、討ち取ってるってね」

「アレ、なんだかおっかないよぉ。お役者みたいにお美しい旦那が、フラリと暗がりから現われでもしたら――」

美しいだけに、よけいにおぞましく見えることだろう――と、竹本も思わぬでもない。

「血の滴《したた》る抜き身の刀なんかを下げていたら、腰を抜かしちまうね」

「あら、あたしは嬉しいよ」

ひときわ軽薄な声がした。

「そのお刀であたしの腰帯をズンバラリンと切り払ってもらってさ、旦那ご自慢の宝刀でさぁ、ブッスリ刺してもらいたいよォ」

「嫌だァ！」

女たちは卑猥《ひわい》な声で大笑いした。

「なんにしても、このお江戸で、五本の指に数えられようかっていうヤットウ使いだからねぇ」

「日本中からお大名様が、剣術指南の先生を連れて来ている中での評判だろう」

「よっぽどお強いに違いないね、南町の八巻様は」

聞くともなく聞いていた竹本の耳が、ピクンと震えた。

（南町の八巻！）

憂鬱《ゆううつ》に冷えきっていた全身に、熱い血が漲るのを感じた。血が一瞬にして沸騰し、血管が一気に太って脈動している。竹本の手はわななきながら、膝の袴を握りしめた。

その噂は竹本も耳にしたことがあった。昨今、評判著しい剣客である。町奉行所同心という低い身分でありながら、大名屋敷への出入り勝手を許されているとも聞く。

竹本の身震いがますます激しくなっていく。

八巻という男は、竹本の、否、今の世の剣客たちが己に求める姿、理想、そのものであった。低い身分に生まれながらも剣の腕で高名を得て、赫々《かっかく》たる大名たちとも五分に渡った付き合いをする。昨今増長著《いちじる》しい町人たちをも一睨みして震え上がらせる。剣の力が金の力を上まわることを証明するのだ。

（わしが果たそうとして果たし得なかった夢を、ありのままに体現している男がいる……）

剣の道を選んだことは間違っていなかった、剣の修行は男の人生を賭けるに相応《ふさわ》しい壮挙であった。皆、嘲笑《わら》うなかれ。八巻を見よ！　そう叫びたい気持ちでいっぱいであった。

「八巻……」

竹本は掠《かす》れた声で呟いた。

「そうだ、八巻をおいて他におるまい」

窯の中で歪んだでき損ないを打ち砕き、元の土に還してくれるのは八巻しかいない。他に相応しい人物がいようとは思えなかった。

（八巻と立ち合う。そして……）

斬るか、斬られるか。

斬れば、八巻の名声はすべて己のものとなる。八巻に代わって、「江戸で五指に数えられる剣客よ」と褒《ほ》めたたえられ、大名屋敷に出入りも許され、大名家の家臣たちを大勢集めて稽古して、皆から「先生、先生」と慕われることになる。

などと都合の良い夢想をしている自分に気づいて、竹本は、(わしもまだまだ、悪い意味で枯れてはおらぬな)と、自嘲《じちよう》した。

(そのような夢はたった今、捨て去ったはずではないのか)

おそらく八巻には勝てない。八巻に期待するのは、我が身を綺麗に、この世から消し去ってくれることのみだ。

(八巻に倒されるのであれば……)

それはそれで大きな評判となろう。八巻をして「手強《てごわ》し」と言わしめることができれば、たとえ最後には倒されたとしても、名勝負として竹本の名が世に広まることになる。

(宮本武蔵になれないのであれば、せめて佐々木小次郎になりたい)

それが、今の竹本の心境だ。

それにである。仮に八巻に勝てたとして、その後の大名たちとの交際では、やはり、見たくもない醜い人間の姿を見せつけられることもあるだろう。ここはやはり、人の記憶に残る名勝負を展開したあげく、綺麗さっぱり、この世から消え去ってしまうのがよい。

（人はどうせ、いつかは死ぬのだ）

そう達観すれば、死もまたいとおしく、待ち遠しい。我が身の重荷を投げ棄てるような明るい気持ちにもなる。

（よし、八巻に斬られよう）

竹本はそう決意した。口許に微笑を含んで、大きく頷いたのであった。

第三章　花の吉原

一

「やいっ、八巻、どこへ行く！　それになんだ、その姿は」

南町奉行所の御門内。同心詰所《つめしょ》に通じる框《かまち》から降り立った卯之吉を見て、筆頭同心の村田銕三郎《むらたてつさぶろう》が怒鳴った。

「これはこれは村田様」

卯之吉は腰を屈《かが》めて低頭した。

その姿たるや、小粋な通人ふうの小銀杏髷《こいちょうまげ》に結い上げ、鬢《びん》はコッテリと椿油で梳《す》き上げている。黒髪がテラテラと艶光《つやびか》りして見えるほどだ。

着物と羽織は絹布で仕立てられていて、金糸銀糸の縫箔《ぬいはく》で精緻《せいち》な花柄が刺繍《ししゅう》されていた。帯から下げた莨入《たばこい》れは金唐皮《きんからかわ》の最高級品。帯留は紅珊瑚《べにさんご》。白足袋《たび》に雪駄《せった》履き。その雪駄は地面の湿気が染みてこないよう、厚さが二寸近くもある。畳表に緋《ひ》縮緬《ちりめん》の鼻緒という、頭のてっぺんから足の裏までくまなく金のかかった拵《こしら》えであったのだ。

どう見ても町方同心の姿ではない。贅沢三昧《ぜいたくざんまい》を愉《たの》しむ放蕩者の若旦那だ。おまけに丁寧に腰を折っている。町奉行所に挨拶《あいさつ》にきた商人にしか見えない物腰であったのだ。

村田鋏三郎はツカツカと歩み寄ってきて、卯之吉を睨《にら》み下ろした。

「やいッ、なんだってそんな格好をしていやがる！」

いつでもどこでも不機嫌で難詰《なんきつ》口調だ。生まれつきやたらと気短な性格なのである。気が短いだけに動作は果断で率先垂範《すいはん》型だ。もちろん悪党どもに容赦はしない。どんな小さな現場にも自ら飛んで行って鉄槌《てっつい》を下す。町方同心としては最良の性格であるのかもしれない。

しかしこんな男が上司であったらたまらない。なにかにつけて雷を落とす。落とさずにはいられないのだ。

ところが卯之吉は平然として、口許には笑みすら浮かべていた。

「あたしは隠密廻《おんみつまわり》同心でございますからねぇ。これは町人に扮して、市中を見回るための変装でございますよ」

これまでも卯之吉は、同心としての姿と、若旦那としての姿を使い分けてきた。江戸のあちこちに仕舞屋《しもたや》を借りて、装束を隠しておき、行く先々の都合に合わせて着替えをしていたのだ。

横着者《おうちゃく》の卯之吉は、その着替えの手間すら面倒になり、隠密廻同心を拝命したのを良いことに、堂々と町人姿で南町奉行所を出入りし始めた。

村田は顔を険《けわ》しくしかめた。

「隠密廻は免じられたはずじゃねぇか」

「ええ、そうなんですけどね、でも、案外このお役目が性に合っているっていうか。命じられたわけでもないのにこんな変装をいたしましてねぇ。市中の見廻りを。あたしもずいぶんと、お役目に熱心なお役人様でございますよねぇ」

「手前《てめ》ェで言うな」

村田は苦々しい顔をした。しかしながら卯之吉の市中探索（という名目で遊び歩いているだけなのだが）で、南町奉行所の手柄が上がっているのも事実なのだ。それにである。八巻卯之吉には、なにゆえか、三国屋という後ろ楯がついている。「八巻様を宜《よろ》しく」と、筆頭同心の村田の屋敷にまで賂《まいない》が届けられるのだ。村田としては、卯之吉にだけは、強く出ることができない。

「だがよ、手前ェ……」

ところがここで引き下がらずに、難癖をつけずにはいられないのが、村田だ。

「その身形《みなり》にゃあ、ずいぶんと金がかかってるじゃねぇか」

町方同心の扶持《ふち》で購《あがな》える装束だとは思えない。

卯之吉はしれっとして答えた。

「三国屋に借りたのでございますよ」

「三国屋になぁ……。手前ェのほうが、三国屋の若旦那みてぇじゃねぇかよ」

「さすがは村田様」

卯之吉は腰帯にたばさんでいた扇子《せんす》を抜いて、ポンと帯を叩いた。

「仰《おつしや》るとおりにございますよ」

「馬鹿馬鹿しい」

村田は苦々しげに顔を背けた。

「見廻りに行くってんなら早く行け。こんな所でボヤボヤしてやがるんじゃねえ」

「あたしを呼び止めたのは村田様でございますよ」

「早く行けッ」

カッと激怒した村田に尻を向けて、卯之吉は足早で立ち去った。

お供の銀八が、門の脇の小者《こもの》の詰所からやって来た。

「村田の旦那、えらい剣幕でげしたね」

卯之吉はまったく気にもしない様子で微笑している。

「いつものことだよ。さぁ、行こう」

銀八は首を傾《かし》げて訊《たず》ねた。

「隠密廻ってことでげしたが、いったいどこを見廻りなさるおつもりでげすか」

卯之吉は真面目《まじめ》な顔で銀八を見つめた。

「吉原に決まってるだろう」

「ああ、やっぱり。こんなにお天道《てんと》様も高いのに」

「隠密廻同心様だからね。これまでみたいに暮れ六ツ（午後六時ごろ）になるのを待たなくてもいいってことさ」

奉行所の退勤時刻は暮れ六ツである。

（いいえ、その理屈はおかしいでげす）と、銀八は思ったのだけれども、あえて口には出さなかった。

卯之吉は何事につけて淡白で、自己主張などしない男であるが、遊興に関しては頑固一徹である。遊びに行くと決めたら、大嵐だろうと仇敵が待ち構えていようと行く。人の意見などには絶対に耳を貸さない。

卯之吉はいそいそと門を出て行く。

（仕方がないでげすなぁ）

銀八もその後を追った。

二

「またまた八巻の旦那の大手柄だよ！」

橋のたもとに立った瓦版《かわらばん》売りが大声を張り上げた。

町人地の往来は人通りが多い。掘割の橋を渡って大勢の者たちがやって来る。皆、八巻の名を聞いて耳をそばだて、急ぎでない者はもちろん、急ぎの使いを命じられた小僧や小女《こおんな》までもが振り返った。

瓦版売りは思惑どおりに人々が足を止めたので、満足そうにほくそ笑んだ。手にはたくさん刷った瓦版の厚い束を持っている。すべてが売れれば十日分の稼ぎにはなりそうだ。

瓦版売りはそこらにあった古桶《おけ》をひっくり返して、その上に跳びのった。町人たちが輪になって取り囲んだ。

「隠密廻同心のお役に就いた八巻の旦那、今度は甲州街道筋で大手柄だ！　大身《たいしん》のお旗本のお命を狙う悪党どもを斬り捨てて、御家に巣くった悪玉を一刀両断、なんと今度は大身のお旗本の御家騒動を片づけたっていうから驚きだ！」

「御家騒動！」

職人風の若い者が叫んだ。

「まるっきり芝居の筋書きじゃねぇか」

「おうよ、まるで芝居だ！」

瓦版売りが応じた。そしてニヤリと笑った。

「ところがこれが実事譚だ！　江戸三座のお役者に勝るとも劣らねぇお美しさだってぇ評判の八巻の旦那だが、そのお働きも芝居がかっていなさるぜ！」

町人たちが目を丸くさせて聞き入る。瓦版売りはますます調子に乗った。

「大身旗本のお屋敷に巣くった不忠の臣に悩まされる若君様をお助けするべく、八巻の旦那の大立ち回りだ！　いってぇどんなご活躍だったのか、その顚末《てんまつ》や如《い》何《か》に！　ぜんぶこの瓦版に書いてある！　それがたったの十二文！」

瓦版の相場からすると、三倍から四倍の高値だ。

「さぁ、買った、買った！」

町人たちがワッと瓦版売りに殺到した。巾着《きんちやく》の口を緩《ゆる》めて波銭《なみせん》三枚を摑み出す。吝嗇《けち》なことなど言っていられない。南町の同心、八巻は、江戸の名物男だ。その活躍を知らないようでは江戸っ子の名が廃《すた》る。

町人たちが奪い合うようにして買い取った。町人だけではない。通り掛かった武士までもが、お供の小者に命じて、瓦版を買いに行かせる有り様だった。

喧騒を竹本が遠くから眺めている。傷《いた》んだ古物の笠で顔を隠し、羊羹《ようかん》色に煤《すす》けた小袖と袴を着けた姿は、絵に描いたような貧乏浪人であった。

「八巻め、たいしたものだな」

竹本は、一人、ポツリと呟《つぶや》いた。

徳川将軍家に仕える家臣たちのうち、家禄一万石以上を大名といい、一万石未満を旗本という。格式は異なるが、大身の旗本となれば、家の事情は大名家とほとんど変わりがない。

「当然、御家騒動もあるということだ」

大名や大身旗本の御家騒動を一介の町方同心が鎮めた——などという話は聞いたことがない。芝居のネタだとしたら初物だ。

竹本は黙然として歩を進めた。町人たちは手に手に瓦版を持って読み耽《ふけ》っている。恐ろしげな浪人姿の竹本が歩んで行っても道すら空けない。というか気がつかない。それほどまでに瓦版の文面に心を奪われているのだ。

さすがに瓦版売りは竹本に気づいた。そして少し、顔色を変えた。

竹本はムッツリと唇を結んでいる。笠で顔の上半分は見えないが、機嫌が良さそうには見えない。

「ご、ご浪人様は……」

瓦版売りは声を震わせた。浪人の中には、金で雇われて町方同心の手先を勤める者もいる。瓦版のほとんどは無許可の私家版で、町奉行所の取り締まりの対象だ。まして、同心の仕事ぶりを伝える瓦版は（好意的な記事でも）放ってはおかれない。

逃げ腰になった瓦版売りに向かって、竹本は指で摘《つま》んだ波銭三枚を突き出した。

「あっ、お求めで」

瓦版売りはホッと安堵《あんど》しながら瓦版を一枚差し出し、銭を受け取って、

「毎度あり〜」

と、軽薄に声をあげた。

竹本は瓦版をすぐに懐《ふところ》にねじ込んだ。竹本は武士である。お天道様の下で瓦版など読めない。そんな姿を人に見せるわけにはゆかぬ。浪人は公的には武士ではなく、町人や無宿人の扱いなのだが、心意気の問題だ。

竹本は物陰に入ると、通りに背を向けて瓦版を取り出した。

まず目に飛び込んできたのは挿絵で、どうやら旗本屋敷の御殿を舞台にしているらしい。若君を背後に庇《かば》った八巻が、醜い老尼僧を懲らしめている様が描かれていた。その周囲には八巻に斬られて倒れ伏した侍たちの姿もあった。

続いて竹本は文面を読んだ。名は伏せていたが、大身旗本の御家騒動について、ある程度詳しく書き記されていた。

甲州街道で悪党退治をしていたはずの八巻が（文面ではそう書いてある）、どうして御殿で立ち回りを演じているのか。文章と挿絵が矛盾しているが、それはこの際どうでも良いことなのだろう。御家騒動に関わったのなら描くべき場面は御殿だ、そのほうが売れる、と、版元が判断したのに違いなかった。

しかしこれでは芝居である。だがそれが実話だというのだから驚きだ。容貌が歌舞伎役者に勝っているだけではない。やっていることまで芝居を超越している。

(評判が上がるわけだ)

たかが同心の身分でありながら、旗本屋敷の内紛に介入できるのは、名高い剣豪ならではだろう。剣術の師弟関係は身分を超越する。たとえ将軍であっても、剣の修行では、家臣であるはずの柳生《やぎゅう》家を師として仰《あお》いで上座に立てる。

(八巻は旗本屋敷に剣術指南役として乗り込んで、師と仰がれておったのに相違あるまい)

大身旗本の家臣たちは八巻を「先生」と呼んで、剣を学んでいたのであろう。その権威で、御家騒動の悪臣たちを懲らしめたのに違いなかった。

と、そういうふうに竹本は理解(誤解)をした。そうとでも考えなければ納得しがたい話だからだ。

竹本は人知れずため息をもらした。

微禄《びろく》の出身でありながら、大名や旗本たちから「先生」と呼ばれ尊崇《そんすう》される。八巻の姿は、若き日の竹本が夢想した己の姿そのものであった。

竹本の身は震えた。全身の血が熱くなった。

（八巻と、立ち合いたい）

立ち合えば十中八九、敗れる。当たり前だ。相手は天下無双の剣豪である。

（それでも戦いたい）

八巻に敗れることにより、この惨《みじ》めな人生を終わらせるのだ。剣士の死にざまとして本望であろう。

（願わくば、このわしも瓦版に書かれたい）

いや、そうまで下世話になることもなかろうと思うのだが、せめて敵役でも良いから、自分の名を世間の人々に知ってもらいたい。

竹本は瓦版をクシャクシャに丸めると、近くにあった芥入《ごみい》れに投げ棄てた。そして通りを歩き始めた。

歩きながら思案する。

（いかにして、八巻に立ち合いを挑んだものか）

相手は大名や旗本屋敷に出入りを許された名士だ。貧乏浪人が試合を挑んだところで、歯牙《しが》にもかけぬに違いない。それでも執拗《しつよう》に挑んで行けば、弟子たちに取り囲まれて袋叩きにされてしまう。二度と挑んで来ないように、腕や足の骨など打ち砕いてしまうのが常であった。表向きには礼節を重んじるなどと言いつつも、やはり、武芸の世界は乱暴者の集まりなのだ。

（それではつまらぬ）

八巻の弟子に折檻《せっかん》されて大怪我を負った男という烙印《らくいん》を押されて、それで終わりだ。

八巻の屋敷に堂々と乗り込むのはどうか。八巻は南町奉行所の同心だ。八丁堀の役宅に住んでいる。町奉行所に遠慮をして、高弟たちも役宅には近づかぬはずだ。

（役宅でならば、八巻と一対一で相まみえることができよう）

しかし竹本はすぐに首を横に振った。

竹本は浪人、町奉行所の役人たちの目で見れば無宿人である。

（この身形で八丁堀などに乗り込んだら、たちまち、他の同心どもに追い回される）

竹本は一角《ひとかど》以上の剣客だが、同心とその小者たちは捕り物の玄人《くろうと》だ。梯子《はしご》や刺股《さすまた》、突棒《つくぼう》などを巧《たく》みに使って、集団で押し包んでくる。目潰《めつぶ》しを投げられ、刀を叩き落とされて、縄目の恥辱を受けねばなるまい。

平じゃ）
（剣客として名を上げようと思っておるのに、曲者《くせもの》として縄目を受けるなど真っ
　さて、どうしたものかと竹本は思案した。
　しかし名案や良策はさっぱり浮かんでこなかった。元々、学問が大嫌いだから
武芸者の道を選んだのである。頭が良ければ算術でも習い、藩の勘定方に登用さ
れて、今頃は幸せに暮らしていたはずだ。
　竹本は悩みながら道を歩いた。笠の下で顔をしかめて、呻《うめ》きながら歩く竹本の
姿を、道行く町人たちが恐ろしげに見送った。

三

「これはこれは若旦那。ようこそ足をお運びくださいました。……しかし本日
は、珍しい刻限にお越しにございますな」
　卯之吉が吉原で馴染みにしているのは、仲《なか》ノ町《ちよう》の通りに面して惣籬《そうまがき》の張見世《はりみせ》
を構えた大黒屋《だいこくや》である。吉原でも有数の大見世（高級店）で、よほどの財力があ
る者しか登楼《とうろう》できないことでも知られていた。
　大黒屋の二階座敷を残らず借り切って、襖《ふすま》も外して大広間にして、ドンチャン

騒ぎを繰り広げようと、卯之吉は乗り込んできたのである。

卯之吉は首を傾げた。

「この刻限だと迷惑だったかねぇ」

「いえいえ、とんでもございませぬ」

大黒屋の主《あるじ》は慌てて手を振った。

「このところの若旦那は、日が落ちてからしか、御登楼なさらなかったものですから」

「ああ、それはお役……じゃなかった、店の仕事があるからねぇ」

「昼日中に御登楼くださる日にちも、定まっていらっしゃるようで」

「うん。非番……じゃない。店の休みをもらっているのさ」

毎日登楼し、居続けが当たり前だった卯之吉が、昨今は吉原通いを控えている。南町奉行所の役目があるからなのだが、その事実を隠しておかねばならない卯之吉は、三国屋の手伝いを始めたのだと嘘をついていた。

「それなのに今日は昼日中から御登楼……。いったいどうなさったのか。もしや、お店の修業に嫌気が差しましたか」

「ハハハ、まぁ、そんなところさ」

卯之吉は笑いながら、金屏風《きんびょうぶ》の前に座った。

「太夫《たゆう》を呼んでおくれな」

「はい。菊野太夫《きくのだゆう》でございますね。花魁《おいらん》道中を仕立てて参ることでしょう」

今日も大黒屋には大金が落ちる。主は蕩《とろ》けるような笑顔で頭を下げた。


「さぁ、どんどんやっておくれなぁ〜」

卯之吉が景気良く声を張り上げた。芸子衆が三味線の音を競わせる。座敷の真ん中にドンと置かれた台ノ物（料理を盛りつけた飾り物）の周りを遊女たちが舞い踊り始めた。

「ああ、愉快愉快」

卯之吉は金扇を振って感悦を示した。

「こんな楽しいことがあるってのに、真面目にお勤めに励むなんて、とんだ愚か者の振る舞いだねぇ」

卯之吉ならではの無責任極まる物言いだ。

卯之吉の横に座った菊野太夫も微笑《ほほえ》んで見守っている。

「そう仰りながら、ずいぶんとご無沙汰でありんした。あちきは旦那に捨てられたのかと案じておりんしたえ」

「ああ、それはすまなかったよ」

卯之吉は座り直した。

「ちょっと、甲州街道を西のほうへと、旅していたのでねぇ……」

「へぇ。旦那がお江戸を離れたのでありんすか」

「これもまぁ、あたしに課せられた役目だから仕方がない」

菊野太夫は納得した様子であった。三国屋の仕事で公領（徳川家の直轄領。のちの天領）を見回っていたのだと考えたのだ。三国屋は札差《ふださし》、公領で取れた年貢米を金に換えるのが商売である。幕府にとって年貢米は税金。米屋にとっては商品。庶民にとっては食料だ。それぞれの立場で価値観の異なる米を商うことは、なにかと目配り、心配りが必要なのであった。

その修業で、公領が広がる多摩西部に行っていたのだと勘違いをされたのである。卯之吉は勘違いに気づいているのか、いないのか、素知らぬ顔つきで盃を呷《あお》った。

面白おかしく宴を繰り広げているうちに、外はすっかり暗くなった。しかし卯之吉の座敷だけは百匁蠟燭《ひゃくめろうそく》が何本も立てられ、さながら真昼のような明るさであった。

宴もたけなわになったところへ、珍しい男が押しかけてきた。

「おお、ここにおったか」

胴間声《どうまごえ》を張り上げながら、無精髭《ぶしょうひげ》の濃い、むさ苦しい浪人者が踏み込んできた。吉原の雰囲気には馴染まない。まして大見世の二階座敷ならなおさらだ。

本当ならば、浪人などが登楼を許される場所ではない。吉原の治安を担当する四郎兵衛会所《しろべえかいしょ》の男衆たちに摘《つま》み出されるのが関の山だ。四郎兵衛会所の男衆は命知らずで知られている。剣客浪人を相手にしても一歩も譲るものではない。

しかし水谷弥五郎は、その四郎兵衛会所から一目も二目も置かれていた。八巻卯之吉が頼りとする手下だと思い込まれていたからだ。

もっとも、吉原同心を拝命していた〝八巻卯之吉〟の正体は、役者の由利之丞だったのだが。

三国屋の卯之吉も〝八巻卯之吉〟と懇意であると吉原では思われている。水谷が卯之吉の座敷に揚がることができたのは、そういう繋《つな》がりであったのだ。

「おや、これは、水谷様ではございませぬか。こんな所でお目にかかるとは」

卯之吉がそう言うと、水谷は憮然として、その場で大あぐらをかいた。口上や挨拶《あいさつ》は座ってから交わすのが礼儀だ。

「そなたを探して、ここまで参ったのだ」

「おや、あたしを」

水谷は卯之吉の傍《そば》に寄ってきて、耳打ちした。

「八丁堀の屋敷にご老中のお使いが来た」

「えっ、また往診でございますかえ」

卯之吉は心底、面倒臭そうな顔をした。

「そう申すな。ご老中様直々《じきじき》のお声掛かりだぞ」

普通の武士なら、否、医工なら、その名誉に欣喜雀躍《きんきじやくやく》する場面であろう。

「仕方がありませんねぇ」

卯之吉は腰を浮かせた。

「三国屋があるのは、ご老中様のお陰でございますからねぇ。ご老中様に札差の鑑札を授けて頂いて、公領のお米を手広く商わせて頂いております。あたしがこうして遊んでいられるのも、そうして稼いだお金があるからですしねぇ」

「同心にしてもらった恩義は、まったく感じておらぬのか」

水谷は呆《あき》れ顔をした。

「それじゃああたしは行きますけれども、さぁて、この宴席をどうしましょうかね。花魁たちに帰れと言うのも可哀相《かわいそう》だ。どうです水谷様。あたしの代わりに遊んでいってくださいませんかね」

「断る！」

水谷は即座に答えた。卯之吉は不思議そうな顔をした。

「お足のことならご案じなさることはございませんよ。あたしが払いを済ませておきます」

「そうではない！　こんな所には、一時たりともいられぬ！」

水谷は極度の女嫌いである。吉原は女の園。この座敷にも美女たちがゾロリと侍《はべ》っている。男なら一度は夢見る桃源郷だが、水谷にとっては生き地獄だ。美女たちの姿も、鬼や妖怪のように恐ろしく見えているのに違いない。

悪党相手の斬り合いではけっして臆さぬ水谷が、顔色を蒼白にさせ、額には脂汗を滴《したた》らせている。

「本当におかしなお人ですねえ。常のお人とは真逆にございます」

卯之吉は、自分のことは棚に上げて、そう言った。

四

三人は夜道を急いだ。といっても卯之吉の足は蛞蝓《なめくじ》のように遅い。

「さすがにこんな時刻になると、吉原に通ってこられる御方もいらっしゃいませんねぇ」

日本堤の上を延びる道は人影が絶えている。吉原大門《おおもん》は夜四ツ（午後十時ごろ）には閉じられる。客は出ることも入ることもできなくなる。

吉原帰りの客を当て込む駕籠《かご》かきたちも江戸の市中に戻ってしまう。吉原は江戸から外れた田圃《たんぼ》の真ん中にある。夜中に客待ちをしていても仕方のない場所なのだ。

そういう次第で卯之吉と水谷と銀八は、闇に包まれた堤の上を、提灯《ちょうちん》だけを頼りに歩いた。

「ところで、どうして水谷様が手前の屋敷からお使いでみえられたのですかね？」

「たまたま訪《おとな》いを入れておったからだ」

「なんのご用件で？」

水谷は面を伏せた。金を借りに来たとは言いづらい様子であった。

と、その時であった。水谷が、ふと、足を止めた。夜道の先の暗がりに、油断なく視線を向けている。

「いかがなさいましたかえ」

卯之吉が訊ねると、水谷は闇を睨みつけたまま、答えた。

「殺気を感じる。何者かが潜んでおるようだ」

「ひえっ」と、大げさな態度で銀八が腰を抜かした。

「つ、辻斬りでげすか！」

「吉原帰りの遊客の懐を狙う手合いかも知れぬ。お前たちはそこを動くな」

水谷は油断なく歩を進めていった。

「そこの者。出て参れ」

空に月はなく、提灯は銀八が手にしている。何も見えない。水谷は真の闇に向かって声を放った。

その闇がユラリと揺れた。闇よりももっと黒々とした人影が現われた。

水谷は「うむ」と唸《うな》った。なかなかに隙《すき》のない、手強《てごわ》そうな相手だ。

「そこで何をいたしておる。辻斬りか」

訊ねると、低い声が闇の中から響いてきた。

「そういう貴様は商人の用心棒か」

銀八の提灯が卯之吉を照らしている。遠目にもその風体が見える。水谷のことを卯之吉の用心棒だと思ったのだろう。あながち間違ってもいない。

男の声が続いた。

「ならば拙者には関わりがない。危害を加えるつもりは毛頭ない。雇い主を連れて立ち去るが良い」

水谷は「フン」と鼻を鳴らした。

「総身に殺気を滾《たぎ》らせておいて『危害を加えるつもりはない』と言われても、信用できぬな」

謎の男は不気味な声で笑った。

「貴様まで辻斬り狩りを始めるつもりか。吉原界隈《かいわい》の辻斬り狩りは、南町の八巻一人でたくさんであろうが」

「八巻氏《うじ》が辻斬り狩りをしていると知ったうえで、乗り込んできたと申すか。さては貴公の狙いは八巻氏か」

闇の中の影がわずかに揺れた。何も答えはしなかったが、その沈黙は肯定を意味しているものと思われた。

「……詮索《せんさく》好きな用心棒め。とっとと失《う》せろ。邪魔だ」

「立ち合いの邪魔になると申すか。しかし拙者は、まんざら八巻氏と関わりがないでもないのだ」

「なんじゃと」

水谷は腰の刀を閂《かんぬき》に差し直した。いつでも抜刀できる体勢をとる。

「八巻氏にはいささかの恩義を感じておる。八巻氏に凶刃を向けてくる者を見過ごしにはできぬ」

闇の中の影が沈黙した。草鞋《わらじ》の裏を地面の上で滑らせながら、にじり寄ってきた。

「ならば致し方ない。行き掛けの駄賃に貴様の命を頂く。貴様を斬れば、八巻とて、心穏やかではいられまい」

言うやいなや白刃を抜きはなった。闇の中で何の光を反射させたのか、刀身が一瞬、光って見えた。

「やるか」

水谷も刀を抜く。そして遠目の、八相に構えた。

「行くぞ！」

男が吠えた。寝かせた刀身を身体《からだ》の右横に構える。同時にズンズンと踏み込んできた。

水谷も八相の構えのまま走った。

二人の浪人剣客は、二人ともが野外での実戦に長じていた。道場での稽古のように竹刀《しない》の触れ合う至近距離では戦わない。ずいぶんと遠い間合いから、駆け寄りざまに斬りつける。

二人は一瞬にして、斬撃の間合いに飛び込んだ。

「とおっ！」

水谷は刀を斬り下ろした。相手の刀も伸びてくる。闇の中で二つの刀身が激突し、凄まじい金属音が耳を貫き、黄色い火花が稲妻のように飛び散った。

（うおっ……！）

水谷は、自分に向かって伸びてくる敵の刀を押し返そうとした。しかし相手の懐は思ったよりも深く、切っ先は、押し返しても押し返しても、執拗に伸びてきた。

「ムッ！」

刃が身体に届いた、と思った瞬間、ついに押し切って、相手の身体が離れた。

その間、ほんの一瞬の出来事である。二人は駆け寄ったままの速度で、走り抜け、離れた。

水谷は十分に間合いを取ってから振り返った。

左腕の着物の袖がダラリと垂れる。身体には届かなかったが、布地を斬られていたようだ。あと一寸、相手の腕か刀が長かったなら、水谷は肉を斬られていたであろう。

（恐るべき使い手！）

迂闊《うかつ》に斬りかかるのは剣呑《けんのん》だ。

闇の中で男の影が膨れ上がった。そして「うおおおっ」と、獣のように吠えた。

（来る！）

水谷は押し寄せてくる殺気を真っ正面から迎え撃った。相手の出方をじっくりと探る。

「キエエイッ！」

謎の男は怪鳥のような気合とともに斬りかかってきた。その瞬間、水谷は真後ろに跳んで間合いを外した。空振りをした敵の体勢が大きく崩れた。

「トオッ！」

すかさず水谷は小さく刀を振って相手の小手《こて》を狙った。刀の先が相手の腕を捉えた。

したたかに斬ったと思ったそのとき、水谷の刀は金属音とともに弾き返された。

「鉄小手《てつごて》か！」

戦国時代の鎧《よろい》武者《むしゃ》のように、鉄の延板《のべいた》つきの小手を嵌《は》めていたらしい。

男は二の太刀を放ってきた。水谷はすんでのところで刀を持ち直して、打ち払った。

再び遠く間合いをとる。

（なるほど、それなりの備えをしてきたわけか）

南町の人斬り同心、八巻卯之吉は、江戸で五指に数えられる剣豪だと勝手に思い違いをされている。その八巻に挑むのであるから、防備も万全を期しているのだ。

（おそらく、鎖帷子《くさりかたびら》なども着けておるのに相違あるまい）

鎧武者と斬り結ぶようなものだ。不利は免れ得なかった。

水谷は正眼に構え直した。そしてジリジリと草鞋の裏を滑らせて、間合いを詰めた。

謎の男も、水谷が容易ならぬ相手と覚《さと》った様子だ。だが、やはり己の剣術と、身にまとった防御に自信を持っているのか、再び堂々と押し出してきた。

「ダアーッ！」

大上段に振りかぶった男が、大きく踏み出しながら刀を斬り落とそうとした、その瞬間、水谷は顔の前で立てた刀身を、無造作《むぞうさ》に突き出した。

「グギャッ！」

謎の男は踏みつぶされたガマガエルのような声を発した。水谷の刀が男の喉《のど》を正面から貫いたのだ。水谷はさらに踏み出して、刀に力を込め、男の首を突き放した。

男は喉から血を噴きながら真後ろに倒れた。地べたの上でもがき苦しむ。喉から噴き出す血が気管を塞《ふさ》いで息もできない。ゴボゴボと喉を鳴らしていたが、やがて全身を痙攣《けいれん》させて、絶命した。

水谷は暫時瞑目《ざんじめいもく》し、腹中にたまった気を長々と吐き出した。刀にビュッと血振りをくれると、懐紙で刀身を拭い、鞘《さや》に納めた。

卯之吉と銀八が歩み寄ってくる。

「終わりましたかえ」

卯之吉が呑気《のんき》に訊ねた。

最近の卯之吉は斬り合いを見ることに慣れてきている。水谷が勝つと頭から信じて安心している様子だが、それほど確実な勝負でもなかったぞ、と、水谷は思った。

銀八が提灯で男をかざして、「ひゃあ」と叫んだ。

「死んでるでげす」

「当たり前だ」

卯之吉も屈み込んで、脈など探っている様子であったが、もはや蘇生は不可能と覚ったのか、おもむろに立ち上がった。

「それで、このお人をどうしましょうかね。このままここに転がしておくわけにもゆかないでしょう」

水谷は事も無げに答えた。

「四郎兵衛会所に報《しら》せておけば良い」

「面倒なことになりますよ。水谷様にも厳しい御詮議《ごせんぎ》があるかも知れません」

「案ずるな。良策がある」

「いかがなさるのです」

「南町の八巻氏が討ち取ったことにすれば良い」

「はぁ？」

「辻斬り狩りの高名手柄が、ひとつ増えるだけの話だ」

「そういうものですかねぇ？　それじゃあ銀八、ひとっ走り、吉原に戻って会所の皆さんに報せてきておくれ」

「へっ？　へい。それで、若旦那は？」

「あたしはご老中様のお屋敷に行かなくちゃならないからさ。それじゃあ頼んだよ」

卯之吉は銀八に背を向けると、フラフラとした足どりで歩きだした。地べたに転がる死体には、もう、なんの関心もない様子であった。

五

「また駄目だったのかい」

掘割の水面《みなも》で反射した陽光が、奥の窓の障子《しょうじ》で揺らめいている。江戸のどことも知れぬ場所に構えられた、天満屋《てんまや》の元締の隠れ家だ。薄暗い奥座敷に天満屋が座っている。開け放たれた襖の先の廊下には、手下の小悪党、早耳《はやみみ》ノ才次郎《さいじろう》が両膝を揃えて正座していた。

「へい。奥州街道ではそれと知られた剣客浪人だ、って触れ込みでござんしたが、八巻の野郎には、いま一歩、及ばなかったようでして……」

天満屋は煙管《きせる》の雁首《がんくび》を灰吹に打ちつけた。

「困ったことだね。八巻を討ち取ることのできる強者はいないものかね」

「こうなったら、お大名屋敷の剣術指南役にでも頼むより他には――」

「馬鹿を言うんじゃない。栄《は》えある武芸者様が、やつがれたちのような悪党に手を貸すものかね」

「へい。しかし、どこかに物好きがいやしねぇものかと……」

天満屋は不機嫌そうに手を振って、才次郎を下がらせた。

「さぁさぁお立ち合い！　またまた八巻様のお手柄だよ！　吉原帰りを狙う辻斬りを、見事に仕留めなさったってぇ話だ！」

瓦版売りが大声を張り上げている。竹本は買い求めた瓦版を読み終えるなり、ギュッと拳《こぶし》で握りしめた。

「そうか！　その手があったか！」

八巻は夜な夜な、単身で市中に乗り出しては、悪党どもを退治して回っているという。

（そこに立ちふさがって、勝負を挑めばよい）

誰にも邪魔をされずに、一対一で立ち合うことができるはずだ。問題は、辻斬りに間違えられはしないか、ということだが、

（わしの存念を書き残しておけば、よかろう）

八巻に挑んで討ち取られれば、町奉行所の役人が長屋にやって来るはずだ。遺書さえ書き残しておけば、それを読んで、こちらの思いを理解してくれるはずであった。

と、そこまで考えて、負けた時のことのみを考えている己が可笑《おか》しくなってし

まったのだが、どうせこの世に未練などない。せいぜい死ぬ気で存分に戦うのみだと割り切った。

（そうと決まれば遺書をしたためねばならぬ）

そして今夜から吉原通いだ。

（このわしが、吉原に思いを馳《は》せて、胸の鼓動を昂《たかぶ》らせておるとはな……）

竹本はなにやらとても愉快な気分になってきた。にこやかな笑顔で帰って来た竹本を見て、長屋の女たちが一斉にギョッと目を剝《む》いた。


（あれが吉原か）

吉原に向かって延びる五十間道に立ち、吉原大門に目を向けた。日はとっくに沈んでいる。吉原全体が明るく輝いていた。ベンガラを塗られた籬《まがき》の照り返しで、町中が桃色に染まって見えたのだ。

江戸中から繰り出してきた男たちが、足しげく大門をくぐって行く。門前の茶屋も大繁盛だ。武士や僧侶がコソコソと茶屋に入って行く。間もなく商人や俳諧《はいかい》師《し》の扮装で出てきて、そのまま大門に乗り込んで行った。

（なるほど、たいしたものだな）

日に千両が落ちると言われた栄耀《えいよう》栄華に嘘はない。三味線の音が響いてきて、無粋な竹本の心をも揺さぶった。

皆が皆、楽しげに笑みを交わしている。かつての竹本であれば軽佻《けいちょう》浮薄《ふはく》な風儀に唾棄《だき》するところであるが、今の竹本にとっては何もかもが好ましく感じられた。

（八巻は吉原同心を勤めていたと聞く）

ならば吉原には、八巻の風貌を良く見知った者がいるはずだ。

（八巻の顔も知らぬのでは、勝負の挑みようもないからな）

大門をくぐるとすぐ傍に、吉原面番所と四郎兵衛会所が向かい合って建っていた。吉原には悪党もやって来る。四郎兵衛会所の男衆が目を光らせて出入りする客を見つめていた。

「ご浪人さん、ちょっと待っておくんなせぇ」

会所の若い者が竹本を呼び止めた。

「わしがことか」

竹本は足を止めて、鋭い眼光で若い者を睨んだ。悪気はまったくなかったのだが、剣術で鍛えた眼力が自然と殺気を漲《みなぎ》らせてしまう。

若い者は剣客の気当てにも屈せずに答えた。

「へい。旦那のことで。そのお腰の物を、こちらに預けてやっておくんなせぇ」

「腰の物？」

竹本は刀の鞘に触れた。

「刀のことか」

「へい。吉原にゃあ、お刀は持ち込んじゃあならねぇってぇ、決まりがござんして」

身分の高そうな武士なら、見逃しにすることもあるが、竹本のような痩せ浪人には容赦しない。吉原の中で刀など抜かれたらたまらない。

竹本のような痩せ浪人でも、羅生門河岸《らしようもんがし》などの安女郎は買いに来るので、無下《むげ》に追い払いはしないが、あまり歓迎されていないことは、理解できた。

「刀はいかんか」

そう言われれば、武士たちは皆、門前の茶屋に刀を預けておったな、と、竹本は思った。

「この吉原では、大門をくぐったが最後、お武家様も町人もございません」

「なんだと」

「東照神君様《とうしょうしんくん》が御免状を差し下してくださった時からの、仕来《しきた》りでござんす」

「東照神君様のご下命か」

東照神君とは徳川家康のことだ。

江戸には日本中から武士たちが単身赴任で参勤してくる。荒武者が孤閨《こけい》をかこつと、当然のように乱暴狼藉《ろうぜき》が頻発し、江戸の女たちは安心して暮らすことができない。そこで家康は吉原を造らせて遊女を置いたのである。

「お刀を預けていただかねぇことには、吉原でお愉しみいただくわけにゃあ参りやせん」

愉しみに来たのではない、と、一喝しようかと思ったが、それだと目的が果たせない。仕方なく竹本は大小の刀を鞘ごと腰から抜いた。

「痩せても枯れても武士の魂だ。大事に扱ぇ」

「如才《じょさい》はございやせん。吉原を出る時に、この札と換えておくんなせぇ」

若い者は番号が書かれた木札を代わりに差し出した。

（やれやれ、丸腰か）

竹本は仲ノ町の通りを歩いた。吉原の真ん中を貫く大道だ。軽い腰がふらついてならない。武士の身分を捨てたかのようで、なんとも頼りなかった。

左右の店から盛んに三味線の音が聞こえてくる。籬の向こうの張見世に座った女郎たちは天女のように美しい。すでに酔っぱらった男たちが楽しげに語り合いながら通りすぎて行った。

通りの真ん中には雪洞《ぼんぼり》が下げられていた。白粉《おしろい》と鬢《びん》付け油の匂いが漂ってきて、竹本のような朴念仁《ぼくねんじん》でさえ陶酔させられてしまった。

(ここはまるで桃源郷じゃな)

男どもの夢が体現された町だ。

(こんな世界が、この世にあったとは……)

などと考えて、竹本は(あっ)と思った。

(さっきの若いのに、八巻の風貌を訊ねておけばよかったな)

四郎兵衛会所の者ならば、当然、八巻の顔を見知っていたはずだ。

肝心の目的をすっかり失念し、吉原の奥へと誘われてしまった。吉原にはそれだけの魔力がある。

その魔力にすっかり呑まれた竹本は、

(大門を出る時に訊ねればよいか……)

などと考えて、仲ノ町の喧噪《けんそう》の中に、さらに踏み込んで行った。

吉原の客は金持ちばかりではない。冷やかしに来た貧乏人や、田舎からの見物客なども楽しめるようになっている。軽食の屋台や酒の計り売りなども道に出ていた。

竹本の懐には大和屋からもらった口止め料があった。酒を一合ばかり買って飲むと、さすがは吉原である。驚くほどに豊潤な美酒で、竹本を感心させた。吉原の格式で、買い食いの食材も、しっかりと吟味されているのであった。

芸人たちも通りを流している。座敷から声をかけられるのを待っているのだが、冷やかしの客たちも、せめてこんな時だけは景気の良い姿を見せたいのか、芸人に向かって盛んに投げ銭などをするのであった。

竹本もいつしか酒を過ごしていた。八巻のことなど二の次で、道に出された腰掛けに座って、ちびりちびりと湯呑酒を呷っていた。

と、その時であった。

「この野郎ッ」

突然、猛々《たけだけ》しい罵声《ばせい》が通りに響いた。続いてガシャンと、瀬戸物の割れる音がした。

「キャアッ！」

花売りの少女が悲鳴を上げる。その少女を突き飛ばして、一人の男が走ってきた。男は煤《すす》けた色合いの袴を着けていた。自分と同じ、浪人のようだ——と竹本は思った。

酔客たちが逃げまどう。四郎兵衛会所の男衆と、近隣の遊廓の牛太郎《ぎゆうたろう》たちがすっ飛んできて浪人を取り囲んだ。逃げ場を失った浪人は、ギラギラと異様に光る目を左右に向けた。

「生酔《なまえ》いだ！」

誰かが叫んだ。

江戸ッ子たちの言う酔っぱらいとは、グデングデンに酔い潰れている者を指す。酒乱で暴れたり、他人に絡んでいる者は、まだ意識があるということで、生酔いと呼んだ。

酔客や芸人、物売りたちが恐々と見守っている。屋台を壊されるのを心配して、屋台を担《かつ》いで逃げ出す担ぎ売りもいた。

「やいっ、よくもお女郎に手傷を負わせやがったな！」

会所の男衆が怒鳴る。浪人は歯を剝き出しにしてせせら笑った。

「わしは、そうでもせねば満たされぬ質《たち》でな」

「野郎ッ、大ェ事《でえじ》な玉を傷つけやがって、勘弁ならねぇ！」

竹本は、さして慌てもせずに腰掛けに座っていた。この浪人も刀を預けているのであろう、丸腰だ。会所の男衆は六尺棒を手にしている。男衆の物腰には油断がなく、棒術の稽古を積んでいることが窺《うかが》えた。十重二十重《とえはたえ》に取り巻いているから、すぐに取り押さえることができると思われた。

ところがだ。男衆が突き出した六尺棒を、浪人はムンズと掴むと、

「トワアッ！」

なんと、棒ごと男衆を投げ飛ばしてしまったのだ。

投げられた男衆は、真横から地べたに打ちつけられた。竹本は（いかん！）と思った。浪人は、故意に受け身の取れない格好で男衆を投げ落としたのだ。

「ギャッ！」

男衆が悲鳴を上げる。肩が外れたか、骨が折れたか、男衆の身体が異様な形に捩《よじ》れた。

「野郎ッ」

今度は牛太郎が突進する。太い拳で殴りつけようとした。

浪人はすかさずその腕を取り、気合もろとも投げ飛ばした。牛太郎は自ら突っ

込んでいった勢いのまま空中で半回転して、やはり、固い地面に叩きつけられた。浪人は最後まで腕を放さない。ねじれた腕の関節が外れてしまったのを、竹本ははっきりと見て取った。

「ぐわっ！」

牛太郎が悶絶《もんぜつ》する。

それを見て、激昂《げっこう》したのは、濃紺の法被《はっぴ》を着けた職人であった。

「野郎ッ」

冷やかしに来た江戸っ子であろう。よほどのお調子者なのか、拳を振り回しながら前に出てきた。

「おい留吉《とめきち》、やめとけよ！」

友達らしい職人が止めるが、聞き入れるものではない。

「黙っていられるけぇ！」

勇んで突っ込んでいったものの、お調子者にどうこうできる相手ではない。腕を取られて投げ飛ばされた。

「ぎゃあっ」

骨の砕ける音がした。会所の男衆は武芸の修行を積んでいるけれども、この職人は素人《しろうと》だ。我が身を庇うこともできずに、もろに衝撃を受けてしまったのであった。

（いかんな）

竹本は眉根を寄せた。

この浪人は柔《やわら》の術を身につけている。それも、生半《なまなか》ならぬ手練《てだれ》だ。

（吉原の男衆ごときの手に負える相手ではないな）

怪我人がどれだけ出るかわからない。浪人はまた一人、男衆を投げ棄てた。

「きゃあ！」

御籤《みくじ》売りの少女が野次馬の輪から逃げてきて、竹本にドンッと当たった。

「下がっておれ」

無意識に竹本は少女を庇って前に出た。そして気がついた時には、生酔いの浪人と一対一で向かい合っていた。野次馬の輪が後退したのに、竹本だけ前に踏み出したのだ。ポッカリと空いた空間に、一人で飛び出す格好になっていたのである。

「おっ、強そうなお侍が出てきたぞ！」

「待ってました！」

「旦那ッ、ちゃっちゃと畳んじまっておくんなさい！」

江戸っ子は軽薄で、喧嘩の観戦にも慣れている。看板役者が登場したかのように歓声を上げた。

竹本は「む……」と、唸った。困惑したように眉をひそめたのだが、こうなってしまったら知らぬ顔で引き下がることはできない。竹本にも武士としての矜持《きょうじ》がある。

（致し方あるまい）

竹本は半身に構えて、浪人と睨み合った。

そもそも武士が威張っていられるのは、戦《いくさ》の際に農民町人を護《まも》って戦うからなのだ。いざという時に命を張って戦ってくれることを期待しているから、町人も武士の顔を立てるのである。

ここで引き下がったら武士の名折れ——ぐらいの常識は、この時代の侍なら誰でも持っている。

竹本は前に出た。スルスルッと踏み出して、相手の間合いに踏み込んだ。

相手の浪人が竹本の腕を取ろうと手を伸ばしてくる。竹本はその手を払った。

（惜しい男だ。酔ってさえいなければ）

浪人はすでに息が弾み、目は虚《うつ》ろ、足腰もフラついている。竹本は相手の衿首《えりくび》をムンズと摑むと引き寄せながら自分の腰を入れた。

すかさず相手の足が飛んでくる。竹本の足を払おうとして脛《すね》を蹴った。しかし、酔った足腰に力はない。竹本の足は、地に根が張ったかのように微動《びどう》だにしなかった。

竹本は腰を寄せながら相手の足を払った。衿をさらに引き寄せると、酔った浪人の身体は易々《やすやす》と竹本の腰の上にのった。

竹本は浪人の身体をズドンと地面に投げ落とした。

「やった！」

誰かが叫んだ。続いて会所の頭分《かしらぶん》が、

「今だ！　やっちめぇ！」

と命じた。

会所の男衆や牛太郎のうち、まだ無事だった者たちが突進して来る。会所の男衆は六尺棒で浪人を叩き、牛太郎は足蹴《あしげ》にして、浪人を痛めつけた。

やがて浪人は、低い声で呻いて、完全に失神してしまった。野次馬たちは大喜びだ。拍手喝采《かっさい》している。

頭分は役者のように見得を切った。

「手間ぁかけさせやがって！　会所に放り込んどけ！」

浪人には縄がかけられ、引かれてきた荷車に乗せられた。車軸の音を響かせながら、大門脇の会所に運ばれていった。

娯楽の少なかった江戸において、喧嘩観戦はよい見世物であったが、野次馬たちは浪人を見送ると、三々五々、その場を離れて、美女の座る張見世に戻った。

仲ノ町の通りには怪我を負った男たちだけが残された。関節の外れた腕や肩を押さえて苦しんでいる。

「どれ、見せてみろ」

竹本は四郎兵衛会所の男衆に歩み寄り、地面の上に座らせると、外れた腕を摑んで伸ばした。

「ぎゃあ」

男が悲鳴を上げる。強面《こわもて》の面相には脂汗を滴らせていた。

「喚《わめ》くな。すぐに戻してやる」

竹本は腕を強く握ると、外れた関節を探りながら押した。ゴリッと不穏な音が響いたが、腕の捩れは元に戻った。

男は肩を押さえて呻いていたが、竹本は関心を失くした顔つきで立ち上がった。「念のために晒《さら》しでも巻いておけ。しばらくは重い物を持ってはいかんぞ」

竹本は次の男に歩み寄った。そして外れた関節を無造作に入れた。

こうやって次々と治療を施していく。順番が来た男衆は、

「先生、お願《ねげ》ぇしやす」

などと挨拶を寄越してきた。

(先生、か……)

いつかはそんなふうに呼ばれたいと熱望し、しかし、果たし得なかった人生だ。

(思いもかけずに、その敬称で呼ばれるものだ)

人生はまことに儘《まま》ならぬものだ、と竹本は思った。

「うむ、これはいかんな。折れておる」

最後の男の腕を取って、竹本はそう言った。その男は、あのお調子者の職人であった。血の気の引いた顔で竹本を見上げた。

「お、折れてる？　先生、あっしはどうすりゃいいんで？」

「骨接《ほねつ》ぎをすれば良いだけだが、少しばかり面倒だ。きちんと接がなければ腕の

骨が曲がったまままついてしまうぞ」

「ええっ」

仲間の職人が、

「それ見たことか」

と呆れ顔をした。

「やい留吉。腕が曲がっちまったら、手前ェの仕事にも差し障《さわ》りがでるぞ」

留吉は、痛みと絶望で涙を浮かべた。

「腕が痛《いて》ぇよう。先生、どうにかしておくんなせぇ」

「車を借りて己の長屋に戻ることだな。それから近くの医工を呼ぶが良い」

「車で……？　ちょっと動かしただけでもこんなに痛ぇのに、車に揺られて帰るなんて」

「ここで添え木を当てることはできぬ。暗い夜道でよく見えぬ。曲がった形で添え木を当てたら一生、腕が曲がってしまうぞ」

「そ、そんな……」

その時であった。竹本の肩ごしに、ふいに、一人の男が覗きこんできた。

「ま、とにかく座敷に上げて差しあげましょう。明るい座敷でなら、真っ直ぐに腕を接ぐことができるのでしょう?」

いきなり馴《な》れ馴れしげに語りかけてきた。ツルリとした面相の若い男だ。色白で細面《ほそおもて》で、

(なにやら役者のような……)

などと竹本は思った。

それはそれとしても、この白面郎《はくめんろう》の申し出はあまりにも非現実的であった。冷やかしの職人が遊廓に登楼できる銭など持っているはずがない。もちろん自分も持ってはいなかった。

白面郎は引き連れていた幇間を呼び寄せると、職人を登楼させるように命じた。幇間はなんの疑問も感じていない顔つきで楼閣に走った。牛太郎を呼びにいったのであろう。

慌てたのは職人だ。

「待っておくんなせぇ若旦那。あっしはそんな銭は持ち合わせちゃおりやせん」

骨が折れたことに加えての心労で、ますます顔色を悪くさせている。

「なぁに、案ずるには及ばないさ」

白面郎は腰帯に差していた扇子《せんす》を抜くと、それで帯をポンと叩いた。

「万事あたしにお任せなさいましよ」

そして「うふふ」と気色悪く笑った。

第四章　陋巷《ろうこう》を走る

一

すぐに牛太郎《ぎゆうたろう》たちが走ってきた。幇間《ほうかん》が手配したのか、大八車を引いていた。

白面郎は笑顔で命じた。

「このお人を、あたしの座敷に揚げておくれな」

竹本は（どうなることか）と思った。汚い身形《みなり》の貧しげな職人を座敷に揚げるように言われて、良い顔をする見世はあるまい。非常識な言いつけに怒りだすかも知れない、と思った。

ところが、驚くべきことに、牛太郎たちは文句も言わず、疑念を感じた様子もなく、「へい」と答えて職人を荷台に乗せた。

それを見届けた白面郎は竹本に笑顔を向けた。

「先生、お名前は」

「竹──いや、杉本だ」

竹本は偽名を名乗った。

「それじゃあ杉本先生。よろしくお願いしますよ」

わけのわからぬ展開だが、竹本は白面郎の素《す》っ頓狂《とんきよう》な雰囲気に呑まれて、頷《うなず》いてしまった。


「ぎゃあ、痛い！」

「大人しくいたせ」

怪我をした職人の泣き声と、竹本の叱責が続けて聞こえた。

大黒屋の二階座敷に留吉が寝かされている。百匁蠟燭《ひやくめろうそく》が何本も灯《とも》され、さらには銀箔《ぎんぱく》が押された屛風《びようぶ》によって囲まれていた。銀箔で反射した明かりが留吉を明るく照らしだしている。

「どうです？ これぐらいに明るければ、どうにかなりましょうかね」

白面郎が訊《たず》ねる。竹本は、

「十分だ」

と答えた。

留吉の上半身を裸に剝《む》く。仰向けに寝かせると、その身体を跨《また》ぐようにして、竹本が立った。

「身体《からだ》を真っ直ぐにさせるのだ。左右の腕の長さを揃えねばならん」

留吉を見下ろし、腕を交互に見比べた。

「これぐらいか」

折れた腕をよじったり、伸ばしたりして、長さと位置を揃える。留吉が泣き叫んだが、まったく意に介さない。

「よし、添え木をするぞ」

用意させた木の棒を腕に添えると、晒《さら》しで巻いてゆく。腕に巻き終えると今度は牛太郎たちに命じて、留吉の上半身を起こさせた。身体に晒しを巻いて、腕を完全に固定してしまった。

「これで良い。やがて痛みは引くであろう」

骨折は、完全に固定さえすれば、痛みを感じることはない。わずかでも動くと激痛が走るが、添え木のお陰でずいぶん楽にはなったはずだ。

留吉は仲間に助けられながら、頭をペコッと下げた。

「お、お助けいただいておきながら、こんな物言いもなんなんですが、旦那がたはいってぇ、どういったお人たちなんで？」

見ず知らずの人間に対して、ずいぶんと親切が過ぎる。親切すぎて不安を感じさせるほどだ。

「わしか。わしはな……」

言いかけて、竹本は口をつぐんだ。

惨《みじ》めな境遇の浪人だ。この吉原を訪ねた目的も、人に言えたものではない。

憮然として口をつぐんでいると、留吉はもう一人の謎めいた人物、白面の若旦那に向かって訊ねた。

「若旦那のほうは――」

「あたしかい」

白面郎は明るく屈託のない声音で答えた。

「あたしは三国屋の放蕩息子さ」

職人二人の顔つきが一瞬で変わった。

「わっ、若旦那が、あの、三国屋さんの……」

留吉が言い淀んだのを、友達が続けた。

「……とんでもねぇ物好きだと評判の」

三国屋の若旦那は楽しそうに笑った。

「そうそう。とんでもない物好きだと評判の放蕩者が、このあたしさ」

留吉は豪華な座敷にキョロキョロと目を向けた。

「道理で、こんな立派な座敷に揚げてもらえたってわけだ」

竹本は、職人と白面郎の遣り取りを横目で見ている。三国屋の若旦那というのが、どんな人物なのか理解できていないが、この様子から察するに、よほどに名高い人物なのであろうと推察できた。

若旦那が莞爾《にっこり》と頷いた。

「ここはあたしの座敷だからね。銭の払いは心配いらないよ」

それから牛太郎に顔を向けた。

「屏風を片づけて、座敷を元に戻しておくれ。宴の続きだ」

牛太郎たちは「へい」と答えて、屏風を上座に広げ直した。台ノ物や膳も運び込まれてくる。遊女や芸者たちも座敷に戻ってきた。

若旦那は留吉に笑顔を向けた。

「お前様がたも飲んでいっておくれ」

留吉が頷くより前に、竹本が横から口を挟んだ。

「いいや、いかん。怪我の治りが遅くなる」

留吉を鋭く睨《にら》んで（本人は睨んだつもりはなかったのだが）、

「しばらくの間、酒は厳に慎まねばならぬぞ。今宵は早く帰って寝たほうが良かろう」

と、命じた。

残念そうな顔をしたのは、留吉ではなく若旦那である。

「それじゃ仕方がないねえ。料理は菓子折りに包むから、持って帰って食べておくれな。酒は、怪我が治った時に、快気祝いとして届けさせようね」

「へい、なにからなにまで、お心遣いをいただいちまって……」

聞きしに勝る若旦那の豪気な酔狂ぶりに、職人二人は完全に圧倒され、逃げ腰になっている。自分たちがいるべき座敷ではないし、垢染《あかじ》みた着物で青畳を汚すのも恐ろしい。

「それじゃあ、あっしらは、このへんで」

留吉は竹本に何度も頭を下げた。

「ご恩はけっして忘れるもんじゃあござんせん」

竹本は無言で頷き返した。留吉は友達に助けられながら、座敷を出ていった。

竹本も腰を上げた。もうこの場所に用はない。

すると三国屋の若旦那が「おや」と声を上げた。

「お帰りでございますかえ」

若旦那は切なそうな顔をしている。

「せっかくのご縁でございます。遊んでいっておくんなさいましよ」

なにやら、親戚が帰るのを引き止める幼児のような顔つきだ。なにゆえそんな顔でわしを引き止めるのだ——と訝《いぶか》しく感じながら、竹本は首を横に振った。

「拙者には、宴席を共にするだけの持ち合わせがない」

「ああ、それなら」

若旦那がパッと顔つきを明るくさせた。

「ご心配はご無用にございますよ。かかりは全部、あたしが持ちます」

「なんだと」

「職人さんの腕を接《つ》いでくれるように頼んだのはあたしでございますからねぇ。御礼もせずにお帰しするわけには参りませぬよ」

そう言ってホクホクと笑った。

まったくもって理解に苦しむ男だ。訝しさが顔に出ていたのであろう。大黒屋の主《あるじ》なる男が、笑顔で横から嘴《くちばし》を突っ込んできた。

「こちらの若旦那様は、吉原でそれと知られた大通人《だいつうじん》でいらっしゃいます。後で座敷の代金をご請求なさることなどございません。この大黒屋が請け合います」

「しかし……」

「若旦那は、名人、達人とお近づきになるのを喜ぶ御方でございます。先生の骨接ぎの腕前に感服なさって、そのご謦咳《けいがい》に接したいと、そのようにお考えなのに相違ございません」

「拙者が、達人の先生とな……」

若旦那が訊ねた。

「それとも、どこかのお座敷で、馴染みのお女郎がお待ちでございますかえ」

「そんな者はおらぬ」

竹本は座り直した。すかさず遊女が横に侍って、朱塗りの盃を差し出してきた。

「どうぞ、ご一献」

竹本が盃を手にすると、銚釐《ちろり》で酒を注ぐ。竹本も酒好きであるから、これは嬉しい馳走《ちそう》であった。

「さあ、どうぞどうぞ。グーッといっちゃってください」

若旦那も笑顔で勧めた。ならば、と竹本は口をつけた。武士《もののふ》の身で、酒に弱いのは恥辱だとされた時代だ。盃ぐらい、一息で呷《あお》れないようでは武士の名折れであった。

グビリと飲み下して、「むむっ」と唸《うな》った。

「これは銘酒じゃ！」

香りは馥郁《ふくいく》として、喉にスルリと落ちてくる。こんな上等な酒を口にしたのは初めてであった。

「さすがに良くお分かりで。舌が肥えていらっしゃる」

若旦那が嬉しそうに微笑《ほほえ》んでいる。舌など肥えていなくても、これだけ美味《うま》い酒ならば、誰でも銘酒とわかるはずだ。

遊女たちは次々と酒を注いでくる。最初は遠慮をしていたものの、この宴席は実に気安くて、幇間も、遊女も芸者たちも、みんな伸び伸びとふるまっている。幇間の芸も間抜けで愚かしくて、見ているこちらが脱力してくるほどだ。

何杯か干しているうちに心地よく酔ってきた。こうなると竹本にも遠慮はない。料理の膳にも箸を伸ばし、芸者の三味線には手拍子を打ち、久方ぶりに腹の底から笑い声をあげたりもした。

大黒屋の牛太郎が座敷に入ってきて、若旦那になにやら耳打ちをした。若旦那は笑顔で頷いて、竹本に顔を向けた。

「杉本先生。先生に助けられた四郎兵衛会所の男衆が、御礼を言いに来られたそうですよ」

竹本は酔って紅くなった目を向けた。

「四郎兵衛会所？　ああ、あの浪人と戦っておった者どもか」

「あい。暴れ者を取り押さえて頂いたうえに、怪我まで治してもらったというのでね。それで御礼に。どうでしょう？　先生さえよろしければ、この座敷に揚がっていただきますがね」

「そなたの宴席だ。そなたに否やがないのであれば、拙者は構わぬ」

「それはよろしゅうございました。……じゃ、通しておくれ」

牛太郎は「へい」と答えて出ていった。すぐに階段を大きな足音が上がってきた。

「四郎兵衛会所の四郎兵衛にござんす」

廊下の襖《ふすま》の向こうから挨拶《あいさつ》が聞こえた。若旦那は少し、驚いたような顔をした。

「おや、四郎兵衛親分、直々《じきじき》のご到来だ。親分さん、どうぞお入りください」

「へい」

厳《いか》めしい強面《こわもて》の、そこいらのヤクザの親分などよりよほどに凄みの利いた面相が、座敷の中を覗きこんだ。禍々《まがまが》しい眼光で座敷を見回し、竹本の姿を認めてから、低頭した。

「どちらさんも、御免なせぇやし」

腰を低くして入ってきて、下座に正座した。竹本に向かって頭を下げる。

「お初にお目にかかりやす。四郎兵衛会所の四郎兵衛にござんす。あっしのところの男衆がだらしねぇもんで、暴れ者に難儀していたところを助太刀してくださったと聞きやした。おまけに怪我の手当てまでしていただいたそうで。重ね重ね、御礼を申し上げやす」

竹本はわずかに顎《あご》を引いて頷いた。

「さほどのことをしたわけではない」

四郎兵衛は懐《ふところ》から袱紗《ふくさ》包みを取り出して、畳の上を滑らせてきた。

「ほんの気持ちでございまさぁ。どうぞ、お納めを」

「そのようなつもりで、いたしたのではない」

「あっしの気持ちでござんす」

竹本は空遠慮は一回だけに留めて、「左様《さよう》か」と、袱紗の中の小判を摑んで袂《たもと》に入れた。

四郎兵衛は、浪人をじっと見つめた。

この浪人、明らかに吉原の雰囲気には馴染まない。遊興などに誘われる男には見えなかった。

(なんとも怪しい野郎だぜ)

武芸の達人で身元不明の痩せ浪人だ。事と次第によっては捕縛して牢屋敷に届けなければならない。

気づまりな空気を、卯之吉の明るい声が破った。

「それじゃあ宴の続きだ。四郎兵衛親分も飲んでいってくれるよね?」

呑気《のんき》極まる物言いに、四郎兵衛は困り顔をした。

「あっしにゃあ、会所の役目がございやすんで……」

吉原の治安を守る会所の頭《かしら》が酒に酔っていたのでは話にならない。

「そうかね。この吉原にお暮らしなのに、酒も御法度とは可哀相《かわいそう》だ」

卯之吉は本当に哀れむような顔をした。余計なお世話だ。

「恐れ入りやす」

などと言いながら四郎兵衛は、「帰る」とは言わなかった。鋭い眼光を浪人に向けている。

浪人は不覚にも酔っていて、四郎兵衛の不穏な気配に気づかぬ様子であった。卯之吉と銀八による脱力しきった宴席の空気に染まっていたからであろう。

（じっくりと、この野郎の心底を確かめてやるぜ）

四郎兵衛は腹を括《くく》って座り直した。卯之吉の踊りに合わせて手拍子などしつつ、傍目《はため》には如才なく、浪人に酌などしてやった。男衆から聞き出した浪人の手腕などを褒《ほ》めそやして油断を窺《うかが》う策だ。

「……ところで先生は、なんだってこの吉原においでになったんで」

頃合いを見て切り出すと、さすがに浪人は我に返った様子で、険《けわ》しい目を向けてきた。

慌てて四郎兵衛は手を振った。急いで間抜けヅラを装う。

「先生ほどの使い手なら、四郎兵衛会所の用心棒にぴったりだと思いやしてね」

「用心棒に雇おうと言うか。それでわしの素性を探りにきたか」

「素性を探ろうなどと、そんなことじゃあござんせんよ」

竹本は「フン」と鼻を鳴らした。

「かまわぬ。教えてくれよう」

竹本は酔っていた。酒に酔っていたことの他に、骨接ぎの名人だと煽《おだ》てられ、すっかり気持ちが大きくなっていたのだ。大店《おおだな》の若旦那も、惣籬《そうまがき》の大見世の主も、四郎兵衛会所の四郎兵衛も、自分に尊敬のまなざしを向けてくる。大人物気取りになってしまっても、それはけっして不思議ではあるまい。竹本の人生は不遇の連続であった。せめてこんな時だけでも威張ってみたい、と無意識に思っていたのに違いなかった。

竹本は傲然《ごうぜん》と胸を張った。

「わしは、南町の八巻と立ち合うために、やってきたのだ」

そう怪気炎を噴き上げた。

「なんだと！」

四郎兵衛が腰を浮かせた。喧嘩腰の顔つきになって竹本を睨んだ。

「八巻の旦那と立ち合うだと！　聞き捨てならねぇッ」

片膝を立てて、ドンッと畳を踏む。今にも殴り掛かりそうな勢いだ。

南町の八巻はかつて、吉原同心を拝命していた。四郎兵衛は八巻同心の才覚と度量に惚れ込んで（この旦那の子分になる）と決意したのだ。

大事な親分をつけ狙う仇敵と知ったからには黙っていられない。この場で相討ちになろうとも、仕留めなければならなかった。

その緊張感に、水を注《さ》した男がいた。

「ははぁ、八巻様と立ち合われるおつもりだったのですかえ。それはそれは、たいそうなお心がけでございますねぇ」

なんとも気合の抜けきった声音で、さすがの四郎兵衛も思わず気勢を削《そ》がれてしまったほどだ。

「若旦那！　芝居の筋書きじゃあねぇんですから……」

卯之吉は不思議そうに四郎兵衛を見た。

「おや？　もしかして四郎兵衛親分は、こちらの先生を、どうこうなさろうとい

う お考えで？」

「当たり前《め》ェですぜ。八巻の旦那は先だってまでの吉原同心様だ。八巻様に仇《あだ》なそうという悪党を見逃しにはできねぇ」

「おやおや。親分ともあろう御方が、とんだお心得違いをなさっておられますよ」

「心得違い？」

卯之吉は「ふふふ」と笑った。

「武芸の先生方の立ち合いを咎《とが》める法はございませんからねぇ」

「むっ」

「お武家様同士の、正々堂々のお立ち合いを、あたしたち町人が邪魔してはなりますまいよ」

「そりゃあ、確かに、それが道理ってもんではござんしょうが……」

黙って聞いていた竹本は、突然に呵々大笑《かかたいしょう》した。

「さすが、大店の倅ともなると、町人ながら物の道理がわかっておるわ！」

竹本はスックと立ち上がり、座敷の真ん中で仁王立ちした。

「いかにも！ このわしは八巻と雌雄《しゆう》を決するために参ったのだ！ 八巻は名高

き剣豪！　高名は雷鳴の如くに轟《とどろ》き渡っておる！　なれどもこのわしとて、剣の腕ではけっして後《おく》れを取るものではない！　八巻にとっても、相手に不足はあるまいぞ！」

卯之吉はヤンヤと拍手喝采した。

「それでこそ杉本様！　御敵退治は疑いなしにございますよ！」

「おう！　目に物見せてくれようぞ！　この馳走の礼を兼ねて、そなたらには面白き試合を見物させてくれよう！」

傲然と言い放って、高笑いを響かせた。卯之吉は「ヤンヤヤンヤ」と金の扇子《せんす》で煽《あお》り立てた。

「杉本様のご勝利を祈って、前祝いにございますよ！」

懐の財布を開くと、「それーっ」とばかりに小判や銀貨を撒《ま》き散らした。

「キャーッ」と黄色い声を上げながら女たちが飛びついていく。

「さぁ、飲めや歌えや」

卯之吉は扇子を振って叫んだ。芸者たちが三味線を派手に掻《か》き鳴らす。座敷は興奮の坩堝《るつぼ》だ。

「ちょ、ちょっと、若旦那」

銀八がすり寄ってきて、卯之吉の袖を引いた。耳元で囁《ささや》く。

「あちらの先生が狙っているっていう、南町の八巻様ってのは、若旦那のことなんでげすよ！」

当然わかっていなければならない話なのだが、それがわかっていないのが、卯之吉という男だ。案の定、ニヤニヤと笑いながら答えた。

「ああ、そうだっけねぇ」

「そうだっけねぇ、じゃあねぇでげす！　どうする気でげすか、あんなお強い武芸者様を相手に戦うおつもりなんでげすか」

「このあたしに試合しろってのかい。アハハハ！　可笑《おか》しい」

「どんなに可笑しくても、このままだとそうなってしまうんでげすよ」

「そうなったら、すぐに謝って負けを認めるよ。それであたしも無事に済むし、杉本様の武名も揚がって一石二鳥だ」

「それだと八巻様のご評判が地に堕《お》ちるでげす！　若旦那の正体まで、世間に知れわたっちまうでげす！」

「それはちょっとばかり困るね。だけどその時はその時だ。その時になったら考えるよ。さあ、今夜はとことん飲もう！　酒も料理もどんどん持ってきておくれな〜！」

卯之吉はスラリと立ち上がると、座敷の真ん中で舞い踊り始めた。細身の身体をクニャクニャと捩《よじ》らせて、小粋なんだか気色が悪いんだか、判断に困る姿で舞い踊る。

竹本までが上機嫌で手拍子を打った。まさか、細身の腰を振って踊る若旦那が、江戸で五指に数えられると評判の剣豪、八巻卯之吉本人だとは夢にも思わぬ様子であった。

二

翌朝、竹本は千鳥足で自分の長屋に帰って来た。

なんと、夜が白むまで卯之吉の宴席に付き合っていたのである。江戸っ子の朝は早い。明け六ツ（午前六時ごろ）に開けられた大門をくぐって江戸の町に出た時には、職人たちが仕事場へ向かおうと足を急がせていた。

竹本は、心なしか笑みを含んで長屋の木戸をくぐった。そして「おや？」と、小首を傾《かし》げた。

いつも井戸端に集まっている女たちの姿がない。普段は他人のことになど、まったく気にも留めない竹本なのだが、いるべき者たちの姿がないと、さすがに不思議には感じた。

代わりに路地の奥から女たちの声が聞こえてきた。

竹本の長屋は典型的な貧乏長屋で、歪《ゆが》んだ敷地に建てられていた。長屋の路地も奥で直角に曲がっている。竹本が角を曲がると、一つの部屋の前に、女たちが集まっているのが見えた。

「どうしたのだ」

竹本は声を掛けた。

いつもの竹本であれば、まったく無視して己の部屋に入り、障子戸《しょうじ》をピシャリと閉ざしてしまう。しかし昨夜は久方ぶりに楽しい思いを満喫したし、三国屋の若旦那や幇間の銀八を相手に、少しばかりのお喋りもした。そのせいで舌が軽くなっていたのかもしれない。

声を掛けられた女は、振り返って竹本だと気づいて驚いた様子だったが、問いかけには答えた。

「左官の六《ろく》さんが足場から落ちたんですよ」

女は四十ばかりの年格好で、狐に似た顔つき。誰の女房で、なんという名前なのかまったく思い出せなかったが、よほどにお喋り好きであるらしく、竹本が相手でも構わずに喋り続けた。

「昨日の夕方、左官の仲間に担《かつ》がれて帰って来てさ、仲間たちは『寝かしとけば治る』なんて薄情な物言いをしていたけど、どうにもいけないみたいなのさ」

狐顔の女房の物言いに、周りの女たちが嫌そうな顔をした。どうにもいけないというのは、死にゆく者に使う言葉だからだ。

長屋の中からは、男のうめき声が聞こえてくる。

狐顔の女房は首を横に振った。

「医者坊《いしゃぼん》を呼ぼうにも銭がないだろ？　合力したくとも、あたしらにも銭がないからさ」

皆、貧しい者たちだ。男たちは稼ぎがあっても、酒と博打に使ってしまう。そういう愚か者ばかりが揃っている。それが貧乏長屋の暮らしであった。

「どうしたもんかねぇ、と、皆で思案していたのさ。だけど、思案したって、どうにもなりゃあしないけどね」

怪我人やその家族の前で言い放った。

竹本は「ふむ」と頷きながら、中に入ろうとした。

皆が驚いた顔を向けてきた。狐顔の女房が訊ねた。

「ど、どうする気だい、浪人さん」

「いささか医工の心得がある」

「へぇ！」と、女房が声を上げた。

「それならなんとかしておくれよ」

竹本はわずかに顎を引いて頷いた。

そして、（わしは何をやっておるのだ）と考えた。

昨夜、柔《やわら》で覚えた骨接ぎの技を披露して皆に褒めそやされた。その時の心地よさが忘れられないでいるらしい。

（いい気なものだ）

内心自嘲《じちょう》したが、

（まあ、よいわ）

悪いことをするわけではない。

「上がるぞ」

竹本は草鞋《わらじ》の紐を解いて脱ぐと、長屋の板敷きに上がった。

筵《むしろ》の上に三十ばかりの男が寝かされている。左官の六だ。その横には、男よりも年嵩《としかさ》に見える女房と、十二、三歳ぐらいの娘が座っていた。

女房と娘は怯《おび》えた顔を竹本に向けた。日頃は無愛想で、総身に殺気をまとわりつかせている竹本だ。女たちが恐がるのも無理はない。

「診《み》せてもらうぞ」

竹本は六を裸に剝いた。一張羅《いっちょうら》の、丈の短い着物を脱がせる。

（ふむ……）

よほど高い所から落ちたのであろう。男の肩や脇腹、腰の辺りに酷《ひど》い青痣《あおあざ》が広がっていた。

竹本は六の身体を注意深く触った。

「息を大きく吸ってみろ」

六は言われたとおりに息を吸った。そして「いてて」と、顔をしかめた。

竹本は診断を下した。

「肋骨《あばらぼね》が折れておる。他はどこも悪くないようだが」

六とその女房と娘は、竹本の顔を見上げた。六が訊ねた。

「肩も腕も、腰も脚も痛ぇんですが……」

「それはただの打ち身だ。二日も寝ていれば良くなる。肋骨の折れたのには、添え木も当てることもできぬ。安静にして寝ておるより他にない」

「何日ぐらい、寝ていりゃあいいんですか」

「まずは十日もみておけ」

六の女房が絶望的な顔をした。

「どうした」

女房が答える。

「この家には、銭もなければ、今日明日食う米もねぇ……」

その日暮らしが江戸の庶民生活の基本だ。

「六さんが博打ですっちまうからだよ！」

狐顔の女房が悪罵《あくば》を吐いた。身持ちが悪ければ、なおさら悲惨な生活を余儀なくされる。

（致し方ないな）

このままだと、女房か、十二、三の娘が身体を売ることになる。幸い、竹本の懐には、大和屋や四郎兵衛からもらった礼金があった。しかし小判など、八巻に討たれた後では使い途《みち》もなくなる。

「当座はこれで食いつなぐが良い」

小判を丸ごと床に置いた。長屋の者たちが一斉にどよめいた。

「こ、こんな大金……！」

六は全身の痛みも一瞬忘れて身を起こし、目を丸くさせている。

竹本は六を睨んだ。

「そなたと家族を救うために貸すのだ。身体が元に戻ったら働いて返せ。博打などに使うことは許さぬぞ。もしも博打に使ったなら、その指を残らず切り落としてくれる」

六が元気になるより先に、自分が死んでいるかも知れないが、「その金はくれてやる」などというと、この手の駄目男はますます駄目になる。

本気の殺気を漲《みなぎ》らせながらの訓戒だ。六は身震いをして頷いた。

竹本は女房に目を向けた。

「痛みをこらえるために酒を欲しがるだろうが、飲ませてはならぬぞ。傷の治りが遅くなる」

女房も無言で、ガクガクと頷いた。

竹本が三和土《たたき》に下りると、間口に集まっていた長屋の者たちが一斉に後退した。竹本は後ろも振り返らずに自分の部屋に戻った。

いびきをかき始めた。

（眠い）

朝帰りの酔いと疲れが襲いかかってきた。竹本はゴロリと横になるやいなや、

強烈な喉の渇きで目が覚めた。竹本は起き出して水瓶《みずがめ》を覗いたが、ほとんど空であった。竹本は丼を片手に井戸に向かった。

井戸の生水を丼にあけて、ゴクゴクと飲み干していると、狐顔の女房がやって来た。

「起きたのかい」

図太いというのか、昨日までは口を利いたこともなかったのに、旧知の間柄のように気安く声をかけてくる。そのうえ、皿にのせた握り飯まで突き出してきた。

「なんだそれは」

竹本は握り飯と女房を交互に見た。

「お里《さと》ちゃんがご浪人さんにって、持ってきたのさ。あんたが寝てたからあたしが預かったんだよ」

「わしに？」

竹本はちょっと困惑した顔で答えた。

「施《ほどこ》しを受ける謂《いわ》れはないぞ」

「なに言ってるんだい。逆だろ。あんたが施した小判で買った米だよ。あんたが助けてやらなかったら、お里ちゃんは岡場所に出されるはずだったんだ。あんなに小さな娘なのにねぇ」

竹本の頭は二日酔いでぼんやりしていたが、次第に話の筋が読めてきた。

（六とか申す左官の娘がお里か）

狐顔の女房は勝手に喋り続けている。

「健気な話じゃないか。あんなろくでなしの父親のためにかいがいしく世話焼いて、飯まで炊いてさぁ。それでねぇ、あんたに礼がしたいってんで持ってきたんだよ。さぁ、取りなよ」

竹本は皿を受け取った。

「かたじけない」

「あたしに礼を言うこたぁないよ。お里ちゃんにも言わなくっていいよ。あんたが礼を言われるほうなんだからさ」

「もっともだ」

竹本は女房に背を向けて部屋に戻った。板敷きにきちんと正座して、握り飯を齧《かじ》った。

三

「おい貴様。そこにゴミが落ちているぞ」

侍が指差した先に、どこから飛んできたのか、綿屑《わたくず》が落ちていた。

「貴様は庭先の掃除のために雇われたのだ。気を抜くでない」

「へいへい。行き届きやせんで、面目《めんぼく》ねえ」

荒海一家のドロ松《まつ》は、作り笑顔で腰を屈《かが》めると、ゴミを拾って、また侍に頭を下げた。

侍は居丈高《いたけだか》に続けた。

「台所で買い入れた薪《まき》が裏門に届けられる。貴様も行って、運ぶのを手伝って参れ」

「へいへい。かしこまりやした」

侍が去っていくと、ドロ松はペッと唾を吐いた。

「浅葱裏《あさぎうら》の田舎侍めが。偉そうにふんぞりかえりやがって」

ドロ松は三右衛門の手配りで大和田家の上屋敷に潜り込んだのだ。宇津木雅楽の身辺を探るためなのだが、

「こうも手荒く扱《こ》き使われちまったんじゃあ、探りを入れる暇もねぇぜ」

昨今の大名屋敷はいずこも金策に汲々《きゅうきゅう》とし、下男や下女すら、まともに雇うことができない。少数に切り詰めた使用人にたくさんの仕事を背負わせるので、一人の仕事がやたらと多い。

「愚痴を言うな。八巻の旦那の御為《おんため》に働いているんだぞ」

「あっ、寅三兄ィ」

荒海一家の代貸の寅三が、中間《ちゅうげん》の法被《はっぴ》を着た姿で現われた。縞模様の衿《えり》が縫いつけられ、袖には釘抜き紋が入っている。厳《いか》めしい面構えの寅三は、中間姿がよく似合った。

「それでどうだ。何か摑めたか」

寅三が声をひそめて質《ただ》すと、ドロ松はヤクザ者の顔つきに戻って答えた。

「宇津木雅楽ですがね。重臣連のお屋敷で住み暮らしているようですぜ」

大名屋敷の敷地の中には、重臣たちの私邸も建てられている。

「重臣の屋敷か。ううむ、用でも言いつけられないかぎり、近づけねぇな」

寅三は思案してから、訊ねた。

「それじゃあ、宇津木の周りにいた侍たちの素性は、どうだ」

「あいつらは、この屋敷が誇る豪傑連のようですぜ」

「武芸自慢ってヤツか」

「迂闊《うかつ》にゃあ近づけねぇですぜ。抜き打ちに、ズンバラリンとやられちまったらたまらねぇ」

「馬鹿野郎。それでも手前《てめ》ェ八巻の旦那の手下か。八巻の旦那はご老中様にも一目置かれるってぇ達人だぞ。手下の手前ェが田舎剣術にビビってどうする」

「面目ねぇ。ところで兄ィ、宇津木が狙う仇《かたき》のほうは、どうなってるんで？」

「そっちは親分が手を尽くして探していなさる」

「見つけだしたら、どうするんだろう」

「それを思案なさるのは八巻の旦那のお役目だ。いずれにしても八巻の旦那は、この一件に悪事の臭いを嗅ぎ取ったのに違《ちげ》ぇねぇのさ。そういうこったからな、俺たちも気を入れて働くぜ」

「へい」

「おっと、立ち話を誰かに見られたら面倒だ。手前ェは台所へ行け。その箒は俺が納戸《なんど》に返しといてやる」

「すまねぇ兄ィ」

「とにかくだ、宇津木が仇持ちになった次第が知りてぇ。仇との間に何が起こったのか、それを探るんだ」

「へい。合点だ」

ドロ松は手を振って、台所へ走って行った。


竹本はムックリと起き上がった。

「そろそろ夕刻か」

貧乏長屋の障子戸を橙《だいだい》色の西日が照らしていた。

「握り飯で腹一杯になったお陰で、良く眠れたようだ」

気力、体力ともに充実している。竹本は三和土に並べてあった草鞋を履いた。もしかすると今宵、八巻と邂逅《かいこう》するかも知れない。草鞋の緒は固結びにして、余った部分は小柄《こづか》で切って捨てた。

「これで良い」

大小の刀を差しながら外に出た。

「おや先生、お出かけかい」

突然に声を掛けられて、竹本は少なからず面食らった。井戸端にいた狐顔の女房が、顔をこちらに向けている。

「こんな時間にお出かけってことは、きっと用心棒の仕事だね」

「む……。そんなところだ」

詮索《せんさく》は煩《わずら》わしい、と思いながらも、なぜだか嫌な気分はしない。井戸の脇を通りすぎた。

「行ってらっしゃいよ」

「むむ、行って参る」

口の中でモゴモゴと返事をしながら、竹本は長屋の木戸を抜けた。

四

吉原に着く頃には、日はとっぷりと暮れていた。

吉原は深夜まで灯火を使っているので防火の観点からは問題がある。それゆえ江戸の市中からは遠く外れた場所に置かれていた。周辺は田圃《たんぼ》ばかりで、俗に浅草田圃と呼ばれていた。

春先だが田圃には水が流れ込んでいた。田植え前の水面に、吉原の明かりが鏡のように映し出されていた。

田圃の間を延びる畦道《あぜみち》を通って、遊客たちが吉原へ通っていく。この畦道は、辻斬りや追剝《おいはぎ》の稼ぎ場でもあった。

その悪党たちもすっかり影をひそめている。評判の人斬り同心、八巻の剣を恐れているからだ。

春とはいえ、日が没すれば気温は下がる。風の冷たさは冬日と変わることがない。竹本は着物の袖を風にはためかせながら歩いた。手は袖の中に入れている。かじかんで不覚を取るのを防ぐためだ。

うらぶれた身形で歩く姿は、辻斬り強盗以外の何者にも見えない。もちろん竹本も自覚している。

（八巻よ、早くわしの姿を見つけよ。わしの前に現われよ）

そう念じながら、あてどもなく、吉原の周りを歩き続けた。

ゴーンと鐘が鳴った。浅草寺の鐘であろうか。この近辺には寺が多いので、どの寺の鐘なのかははっきりしないが、いずれにしても、五ツ（午後八時ごろ）になったようだ。

吉原で奏でられる三味線の音が風に乗って聞こえてくる。不夜城と謳《うた》われ、真昼の如くに輝いている吉原なのに、三味線の音色は哀調そのものだ。

三味線の音に耳を澄ませたその時、竹本は何者かの気配を感じ取った。

「そこにおるのは誰だ」

闇に向かって誰何《すいか》すると、五間ばかり先の、草むらが揺れた。

「お見逸《みそ》れいたしやした。真っ暗闇の中で息を潜めていたのに、呆気《あつけ》なく見抜かれちまうとは驚きだ」

軽薄な調子で這《は》い出てきた男が、竹本に向かって頭を下げた。視線だけを上目づかいにして、こちらを窺っている気配があった。

「旦那は相当の使い手でいらっしゃるようですな」

「何者かと訊《き》いておるのはこっちだ」

「へい。あっしの名は才次郎、人呼んで早耳ノ才次郎と申しやす。それで、旦那のご尊名は」

「浪人だ。名など、とっくに捨てた」

「それじゃあ名無しの旦那ってことで。ちっとばかしお訊ねしやすが、いってぇ、こんな所で何をなさってておられるんですかい。さっきから遠目にお姿を拝見させていただいておりやしたが、浅草田圃の畦道を、あてどもなく歩いておられるご様子」

「貴様などに答える謂《いわ》れはない」

「余計なお節介かもしれやせんがね。どう見ても旦那は辻斬りだ。ちっとばかし剣呑《けんのん》でございますよ」

「辻斬りなど、いたすつもりはない」

「旦那がそのつもりでも、ここいらは八巻の縄張りですぜ。御存知でしょ？　人斬り同心の噂は。そんなお姿で歩き回っていなさると、八巻に斬りつけられちまいやすぜ」

竹本は無言だ。才次郎が闇の中で笑った気配がした。

「それでも構わねえとおっしゃる？　八巻との斬りあいは望むところだと」

「否定はせぬ」

するとオ次郎が、声を上げて笑いはじめた。

「何が可笑しい。愚弄《ぐろう》いたすか」

「いいえ、可笑しいいんじゃねぇんで。あっしは嬉しくて笑ったんでございやすよ。

あっしは旦那のようなお人を、ずっと探していたんでさぁ」

才次郎は図々しくすり寄ってきた。

「旦那が八巻と斬り合いをなさる、そのお手伝いをさせていただきてぇと、そういう話なんでござんす」

竹本は憮然として答えた。

「いらぬ世話だ。わしは誰の力も借りるつもりはない」

「そう仰《おつしや》らずに、話だけでも聞いちゃいただけやせんかね。なぁに、お手間は取らせやせん。山谷堀に猪牙《ちよき》をつけておりやすんで」

「猪牙舟でわしをいずこかへ連れて行くつもりか」

「へい。あっしらは八巻に遺恨重畳《ちようじよう》なんで。八巻を討ち取って、無念を晴らしてくださる御方を探していたんでございやす」

「遺恨だと？」

竹本は武士であるから、真っ先に、仇討ちを連想した。

（八巻を仇と狙う者がいて、助太刀を探しておるのか）

竹本は考え込んだ。あてどもなく畦道を歩いていても、八巻と邂逅できる保証はない。それに、

（できることなら、白昼、衆人環視の下で八巻と仕合いたいからな）

仇討ちの助太刀で名を上げた武士は多い。鍵屋《かぎや》ノ辻の荒木又右衛門《あらきまたえもん》や、高田馬場《たかだのばば》の堀部安兵衛《ほりべやすべえ》などだ。大勢の者たちの見守る中で斬り結べば、竹本の名も大いに揚がる。

「よし。話だけは聞いてやる。連れて行け」

才次郎は薄い唇を歪めて笑った。

「へい。ありがてえ。猪牙には酒も用意してありやすんで、一杯やっていておくんなせぇ。ほろ酔い加減のうちに、着いちまいやすから」

すこし歩いた先に河岸があった。竹本が猪牙舟に乗ると才次郎が棹《さお》を握った。本職の船頭ではなく、この男が舟を操るようだ。

河岸を離れた舟が揺れた。やはり拙《つたな》い操船であった。

（まぁよい）

竹本は船底に置かれていた貧乏徳利を手にした。徳利の口に湯呑茶碗が被《かぶ》せてある。遠慮なく手酌で注いで口に含むと、安酒特有の臭いがツンと鼻にきた。

（わしの口もずいぶんと奢《おご》ったものだ）

三国屋の若旦那に馳走された下り酒に舌が慣れてしまったのであろう。

猪牙舟は暗くて細い掘割に入った。

(ここは、どこであろう)

竹本は江戸の生まれではないので地理に疎《うと》い。そのうえ、舟から見上げた町の様子は、道を歩いている時とはまったく違って見えた。

葦《あし》の生い茂る掘割は、ほとんど手入れがされていなかった。元々は商家の大店が独占的に使用していたのだが、その大店が店じまいをしたのか、河岸や掘割も放棄されてしまったものと思われた。

(なんとも怪しい気配だ)

悪党が根城を構えるにはうってつけではあるまいか。

「さぁ、着きやしたぜ」

猪牙舟の舳先《へさき》が河岸を突いた。葦の茂みの中に桟橋《さんばし》が隠されていたのだ。才次郎は桟橋に飛び下りて、もやい綱を杭《くい》に縛りつけた。

竹本も桟橋に下りる。潰《つぶ》れた商家の屋根が河岸を取り囲んでいた。その屋根の向こう側の、ずいぶん遠くに火ノ見櫓《やぐら》が見えた。

(大名火消の屋敷か)

竹本は櫓の形と方角を、しっかりと脳裏に焼きつけた。

「こっちですぜ」

才次郎は商家の板戸を押し開けた。

竹本は暗い座敷に一人で座っている。この家が商家だった頃、接客に使われた座敷であろう。

外見は荒れ放題の廃屋《はいおく》だが、内部は手入れが行き届いている。襖も障子も張り替えられて、濡《ぬ》れ縁《えん》は綺麗《きれい》に掃除がされていた。中庭の植木まで、きちんと剪定《せんてい》されていたのだ。

(ますます怪しいぞ)

世間を憚《はばか》る何者かが隠れ住んでいるとしか思えない。

(やはり悪党か)

竹本は、ここに来たことを後悔した。

いっそのこと逃げ出してしまおうかとも思ったのだが、この座敷を取り巻く殺気を感じて、思い止まった。

(どこまでも面妖《めんよう》な屋敷じゃ)

人の姿はまったく見えず、静まりかえっているにも拘《かか》わらず、視線だけは、四方八方から感じる。

才次郎は店の奥に姿を消したきりだ。家の主《あるじ》に、竹本を連れてきたことを報せているのかも知れない。

そう思っていたら、才次郎が戻って来て、障子の外で膝をついた。

「主が是非とも旦那とお話がしてぇと申しておりやす。どうぞ奥へ渡っておくんなせぇ」

「うむ」

竹本は武芸者だ。殺気に取り巻かれていようとも、刀が一本あれば切り抜ける自信があった。どんな悪党が潜んでいるのか見てみたい。肝試《きもだめ》しに似た気分で竹本は立ち上がった。

「こっちですぜ」

才次郎がニヤッと笑って、濡れ縁を奥に進み始めた。

「ここから庭にお下りくだせぇ」

濡れ縁の下に沓脱《くつぬ》ぎ石があって、雪駄《せった》が揃えられていた。夜の庭に点々と踏み石が延びていて、その先に離れ座敷が見えた。

「主はあそこで待っておりやす」

離れの障子がボンヤリと光っていた。

竹本は雪駄を履いて庭に下りた。背後で才次郎が笑った気配がした。

五

竹本は離れ座敷の障子の前で声を掛けた。中から低い声で返事があった。

「御免」

「どうぞお入りください」

竹本は障子を開けた。その座敷は茶室としても使われるらしく、瀟洒《しようしや》で凝った調度が施《ほどこ》されていた。床ノ間を背にして五十歳ばかりの男が座っていた。

竹本は座敷に入った。障子は後ろ手に締める。行儀の悪さは承知の上だが、この男から目を離すことはできなかった。

（一筋縄ではゆかぬ男と見た）

端整な顔だちで、柔和な笑みを浮かべている。装束も地味ながら上品な生地と仕立てだ。裕福な商人――といった雰囲気なのだが、それはまやかし、目眩《めくら》ましであると竹本は見抜いた。

竹本は刀を腰の左に引き据えたまま、油断なく腰を下ろした。挑みかかるような目で謎の男を凝視した。

謎の男はふいに笑った。

「さすが、八巻様と立ち合おうという御方。お見事な胆力にございます。この天満屋、感服いたしました」

そう言って、折り目正しく低頭した。目だけは上目づかいに竹本を見つめている。

「天満屋と申すか。商人か」

竹本が質すと、天満屋は「へい」と答えた。

「大坂は天満に店を構えております」

「そのわりには、上方《かみがた》の訛《なま》りがないな」

「あちこち、行商しておりまっさかい」

無理やりな上方言葉で天満屋は答えた。

「名はなんと申す」

「名などはとうに捨てました。この商いでは、あっても邪魔になるばかりでございましてね」

「外聞を憚る商い、つまり悪事を稼業とする者か」

「そう言われると身も蓋《ふた》もございませんな。いかにも手前は、人様の悪行を商いの種としておりまする」

天満屋はまったく悪気のない顔で答えた。商人が商談をする時の顔つきそのものだ。

「南町の八巻様でございますが……、八巻様を仇《かたき》とつけ狙うお人たちも、あまたいらっしゃいます」

「町方役人が仇だと？　身内を八巻に討ち取られたということか。八巻は同心。ならば、討たれた者は悪人。自業自得であろう」

「仰るとおりですがね。肉親の情は非理を越えているものにございます」

「ふん」

「八巻を狙う者たちは、他にもございます。江戸で稼業を行う者たちにとっても、八巻は目の上のたんこぶ。なんとかして取り除きたいと思っていなさる者たちも多いのでございますよ」

「悪党どもが悪行を働くうえで同心が邪魔だと申すか。〝盗人にも三分の理〟という謂《いい》があるが、とんだ理屈があったものだ」

「ごもっとも」

天満屋は竹本の目を覗きこんできた。

「旦那は、八巻と斬り合いをなさりたいとか。才次郎より聞きました」

竹本は答えない。天満屋は口許に笑みを含みつつ、続ける。

「勝ちを得る自信がおありとお見受けしました。この天満屋の目には、ずいぶんと頼りがいがあるお人のように映ります」

「このわしに、刺客になれと申すか。金で雇われて八巻を討ち取れと」

「金子《きんす》がお入り用でございますなら、いかようにも金子をご用意させていただきます。金子などいらない、お武家様の矜持《きょうじ》の問題だ、と仰るのなら、手前どもはお手伝いをさせていただくにとどめます」

「金で雇われて刺客になるか、あるいは手を組んで共闘せぬか、という申し出だな」

「仰《おお》せのとおりで。手前の商いに八巻は邪魔。八巻を討ち取るという大仕事に乗りだしてはみたものの、相手は江戸で五指に数えられるほどの使い手。容易に討ち取ることは叶《かな》いませぬ。あなた様のお腕前を、お借りしたいのでございます」

竹本は天満屋を睨んだ。天満屋は武芸者の眼力にも臆することなく見つめ返してきた。しばし無言で、二人は睨み合った。

竹本は答えた。

「断る」

「なんと」

「悪党の手など借りるまでもない。否、借りるつもりはない。わしは一人の剣客として、八巻と立ち合う」

天満屋は微笑しながら竹本を見つめている。竹本は続けた。

「わしは一介の痩せ浪人。偉そうなことを言えた筋合いではない。貴様たちが悪行で金を稼ごうと、咎めるつもりもない。しかしわしは、貴様たちに与《くみ》することはできぬ」

竹本はそれきり黙った。天満屋はしばらく黙考していたが、やがて莨盆《たばこぼん》を引き寄せた。竹本の前で遠慮をしていた莨に火をつけて、一服つけた。

「左様ならば、いたしかたもございませぬな。無理強いをしたところで、手前どもに従う御方ではございますまい」

天満屋は、二回、手を打った。

「お客様のお帰りだよ」

庭石を渡ってきた才次郎が障子戸を開ける。座敷の様子をチラリと見た。

「そのご様子じゃあ、話はつかなかったみてぇですな」

天満屋は紫煙を吐きながら頷いた。

「残念だよ。お客様をお見送りしなさい」

「へい。それじゃあ旦那、こっちへ来ておくんなせぇ」

障子戸の外の庭先には、商家の使用人ふうの法被を着けた男たちが四人ばかり待っていた。それぞれが一癖ありそうな面構えだ。竹本が庭に下りると、前後左右から取り囲んだ。

竹本と男たちが去っていく。才次郎は天満屋の近くに膝行《しっこう》して、訊ねた。

「あの野郎、どうしやすんで。この隠れ家を知られたからには、生かして帰すわけにゃあいきやせんぜ」

「しかしね。押し包んだところで容易に討ち取れる相手じゃない。血の雨が降るよ。近在にまで騒ぎが響きわたる。町方の役人が乗り込んできた時に、腕や脚を斬られた者が転がっていたらどうする。せっかく拵《こしら》えた隠れ家なのに、手放さなくちゃいけないことになるじゃないか」

「へい」

「とりあえず後を追《つ》けるんだ。まさかとは思うが町奉行所に駆け込まぬとも限らない。そうなったら、やつがれたちも逃げるしかない」

「へい」

「しかし、やつが真っ直ぐ塒《ねぐら》に帰るのならば、打つ手はある」

「どうなさるんで」

「あのうらぶれた身形から察するに、塒は貧乏長屋であろう。奴が留守の隙《すき》に忍び込んで、水瓶に毒を流し込んでおけば始末できよう」

「なるほど。それじゃあさっそく手筈《てはず》を整えまさぁ」

才次郎は軽い身のこなしで出て行った。

竹本は背後に意識を向けながら夜道を歩いた。

(どこまでもしつこい者たちだな)

猪牙舟に乗せられて、大川の西岸、吾妻橋《あずまばし》の近くで下ろされたのだが、そこからずっと、怪しい気配が後を追けてくる。

(悪事の一端を知られたからには、ただでは帰さぬということか)

帰り道を襲ってくるのかと思ったのだが、その様子はない。一定の距離を保って、追ってくる気配だ。

（わしの棲家《すみか》を見定めるつもりか）

それはそれで面倒なことになりそうだ。おちおち昼寝もしていられない。

（追い払うのも面倒だな）

撒《ま》いてしまうに限る。そう思った竹本は、足を南に向けた。

「野郎、急に向きを変えやがったが、どこへ行くつもりだ」

才次郎は仲間の二人――荒熊《あらくま》と直七《なおしち》という男を連れて、竹本の後を追っていた。

三人とも尾行の術には自信があった。その日は風も吹いていた。足音や衣擦《きぬず》れの音を消してくれるはずだ。よもや竹本に気づかれていようとは、予想だにしていない。

「才次郎兄ィ、野郎、大川を渡るつもりですぜ」

荒熊が闇に目を凝らして囁《ささや》いた。大川に架かる永代橋《えいたいばし》を、竹本がゆったりと渡っていく。

「さては、野郎の塒は深川か」

直七が飛び出そうとしたのを、才次郎は止めた。

「待て。橋の上じゃあ、身を隠す場所もねぇ。振り返られたらお終《しま》いだ。野郎が橋の向こう側に差しかかるまで待つんだ」

橋は構造上、円弧を描いて造られている。竹本が向こう側に姿を隠すまでは、橋に踏み込むことはできなかった。

三人は橋の袂に隠れて待った。

と、その時であった。橋のちょうど一番高くなった辺りに差しかかったとき、竹本が足を止めて振り返り、じっくりとこちらを注視し始めたのだ。

「畜生！」

荒熊が小声で毒づいた。

「野郎め、追けられてるのを知ってやがったのか！」

才次郎は（まさか）と思って首を横に振った。

「そうじゃねえ。ありゃあ、きっと用心だ」

直七が唇を尖《とが》らせた。

「だけどよ才次郎兄ィ、あれじゃあ後を追えたもんじゃねぇ」

竹本はゆるりと踵《きびす》を返すと、橋の頂きの向こう側に消えた。

「後を追うのは剣呑ですぜ」

直七の言葉には、才次郎も同意せざるを得ない。橋を渡ったと見せかけた竹本が戻ってきたら、橋の上で鉢合わせをすることになる。相手は八巻と立ち合おうという剣客だ。油断はあるまい。

「くっそう」

才次郎は歯噛みをした。

竹本は富ヶ岡八幡《とみがおかはちまん》の門前町に入った。吉原と並び称された遊里である。夜中でも大勢の酔客が彷徨《さまよ》い歩いている。この人込みに紛《まぎ》れてしまえば、もう大丈夫だと思われた。

(安女郎の切見世にでも入って、明朝、帰るといたすか)

幸いなことに金はある。一晩、身を隠すぐらいのことはできるはずだ。

竹本は表道を外れて脇道に入った。

(しかし、八巻との邂逅は遠のいたぞ)

浅草田圃で待ち構える策は二度と使えない。才次郎に見つかったら面倒だ。

（いっそのこと、天満屋一味を南町に指してしまおうか）

火の見櫓を手掛かりにすれば、隠れ家の場所を突き止めることもできる。八巻に報《しら》せてやれば、辣腕《らつわん》ぶりで知られた八巻のことだ。たちまちのうちに捕り方を配して、一網打尽とするに違いなかった。

（それも面白《おもしろ》いな）

八巻に貸しを作ったうえで、立ち合いを所望するという手もあった。悪党退治に手を貸した竹本の申し出を、断る八巻ではないはずだ。

そんなことを考えながら、夜道を曲がったその時であった。

「あっ！」

竹本の顔を見て、驚きの声をあげた者がいた。

竹本も目を向ける。そして同じように驚愕《きょうがく》した。

「そなたは大和田家の……！」

「竹本新五郎！」

その武士と、竹本は、ほんの一間（一・八メートル）ほどの距離を隔てて見つめ合った。

竹本は、咄嗟《とっさ》に刀を抜こうとした。そしてすぐに翻意《ほんい》して、踵を返すと駆けだした。

「待てッ！」

背後で武士の声がする。竹本は逃げた。通り掛かった三味線引きの女を突き飛ばしながら表道に出た。女が黄色い悲鳴をあげ、道行く者たちが一斉に竹本を見た。

竹本は右手へ走った。理由があったわけではない。とにかく急いでこの場を離れなければならないと思ったのだ。

「なんでぇ手前《め》ぇは！」

地回りのヤクザ者が立ちふさがる。この界隈《かいわい》の治安を任されている侠客の手下に違いない。

「どけっ！」

竹本はヤクザ者を殴った。武芸者の拳《こぶし》を食らったヤクザ者が倒れる。

「兄ィッ！」

弟分らしい若い者が走ってきた。

脇道からは、あの侍が飛び出してくる。

「お出会いくだされ！　当家の仇にござるッ！」

「なにっ、仇だと！」

その場にいた者たちが、男も女も、老いも若きも、色めきだった。仇討ちなど芝居でしか見たことがないけれども、その芝居では、大人気の演目である。目の前に本当の仇と、仇持ちが現われたのだ。興奮するなというほうが無理である。

「捕まえろ！」

「助太刀だぁ」

酔客たちは酔いに任せて、地回りのヤクザ者は義俠心を発揮して、叫んだ。どちらも軽薄な江戸っ子だ。調子に乗ると怖いもの知らずである。しかもここは遊里。美しい芸者や遊女たちが見守っている。遊客も地回りも、男振りを見せつける好機とばかりに勇み立った。

「やっちまえ！」

地回りが襲いかかってきた。竹本は素手で応戦した。

たちまちのうちに投げ飛ばされた地回りが、加勢の遊客――職人ふうの町人の上に落下した。

竹本は焦りを隠せなかった。多勢に無勢、地回りならば投げ飛ばそうが殴り倒そうが、良心の咎めるところではなかったが、町人に同じことはできない。

突き飛ばし、押し退《の》け、怒鳴りつけながら走るが、包囲の輪を切り抜けることが一向にできない。料理屋や遊廓から、お調子者が次々と出てくる。我こそ取り押さえてくれんものと張り切っているのだ。

（致し方ない）

竹本は抜刀した。抜き身の刀を振りかざした。

「抜いたぞぉ！」

誰かが叫んだ。そして人の輪が一斉に後退した。

（今だ！）

竹本は開いた隙間に突進した。

「キャアッ」

女たちが、否、男たちも、慌てふためいて逃げまどう。瀬戸物の割れる音がした。竹本は男たちを押し退け、踏み越えながら走った。

「門を閉めろ！」という声が聞こえたが、一目散に逃げようとする人々に邪魔されて、町の木戸を閉めることができない。竹本は富ヶ岡の門前を抜けた。

（どこへ行けばよいのだ）

この分だと、橋も封鎖されているはずだ。橋には橋番という者が常駐している。斬り捨てるのはわけもないが、そんな無体はしたくない。

その時であった。竹本は、またしても旧知の顔と出くわしてしまった。

「才次郎！」

闇の中に立っていた才次郎がギョッとしてこちらを見た。竹本を目の前にして、懐に呑んだ匕首《あいくち》を握った。

(やはりわしを追けて来たのはコイツか）と思いながら竹本は走り寄った。

「わしを逃がせ！」

悪党ならば、役人や地回りたちの目を盗んで逃げる技も心得ているはずだ。竹本はそう考え、咄嗟にそれに賭けたのだ。

才次郎は、竹本と、その背後の喧噪《けんそう》に目を向けた。

「この騒ぎは、旦那と関わりが……？」

地回りたちの叫び声が近づいてくる。竹本と一緒にいるところを見られたら、才次郎まで一緒に追われることになる。

「と、とにかく、こっちへ……。猪牙を盗んで逃げやしょう」

「おう。世話になるぞ」

才次郎は掘割の河岸へ下りて行く。竹本も急いで追った。

本所は低湿地帯で、縦横に掘割が切られている。移動には舟が便利だ。橋は役人に封鎖されたらそれまでだが、舟ならば、大川に出てしまえば逃げきることもたやすかった。

才次郎はダシ（護岸の石垣に造られた石段。雁木《がんぎ》ともいう）を下りて桟橋を走った。無人の舟のもやい綱を勝手に解いて棹を握る。竹本も舟に飛び移る。水面にザンブリと波が立った。

「これを被っておくんなせえ」

汚い筵を渡された。竹本は船底に身を横たえて筵をかぶった。

舟は掘割をゆっくりと進む。

向こう岸を走る足音がして、「どこだ」「いたか」などと叫び声が聞こえた。

竹本は息をひそめながら思案した。

（天満屋一味の尾行をまくどころではなくなった）

もっと面倒な相手に見つかってしまった。

（江戸を離れねばならぬ）

八巻と立ち合い、討たれることが望みだが、そんな華々しい夢想に酔っている場合ではない。

第五章　大名屋敷の床下

一

次の日の昼前。春の日差しが、向かい合った長屋の屋根の細い隙間から、路地に射し込んでいる。

「ここに竹本の塒《ねぐら》があるのかい」

貧乏長屋の木戸口に立った三右衛門が路地を覗きこんだ。

荒海一家の子分、粂五郎《くめごろう》が答えた。

「へい。あの人相書きに瓜二つの浪人が、ここにいるって話ですぜ」

「よく見つけ出したもんだな」

粂五郎は得意気に小鼻を広げた。

「痩せ浪人が銭を稼ごうと思ったら、できる仕事は用心棒か傘張りぐれぇしかねぇでしょう。傘張りのほうには伝《つて》がねぇですが、用心棒稼業なら、渡りがつかねぇでもねぇ。あちこちの賭場にツラを出して、これこれこういう浪人を雇わなかったかって訊いてまわったところ、上手《うま》い具合にそれらしいのが引っ掛かったって次第ですぜ」

「なるほどな。その機転、褒《ほ》めてやるぜ」

「へへっ」

粂五郎は父親に褒められた子供のように喜んだ。世間では強面《こわもて》の兄ィで通っている粂五郎だが、三右衛門のことは実の父親のように慕っている。

三右衛門は周囲に目を向けた。

「町奉行所の密偵の姿は見えねぇようだな」

「どっかに隠れて見張っているにしても、親分のお姿を見たら、挨拶《あいさつ》に出てくるに違ぇねぇ」

荒海ノ三右衛門が八巻の手下であることを知らぬ者は、南北の町奉行所には一人もいない。目明かしや密偵たちにとっては、八巻本人よりも三右衛門のほうがよほど恐ろしい。

「誰も出て来ねぇってことは、町奉行所を出し抜いたってことだ」

三右衛門は満足そうに頷《うなず》いた。

町奉行所は大和田家の依頼を受けたが、竹本の人相書きが町役人を経て、町々の大家まで下ってくるのには時間がかかる。

「ようし、俺たちの手で竹本を押さえるぜ」

三右衛門は勇躍、長屋の路地に乗り込んだ。

井戸端では、女たちが埒《らち》もないお喋りに興じながら洗濯をしていた。あまりにもお喋りに熱中しすぎて、三右衛門と粂五郎が長屋に入ってきたことにも、気づいた様子がなかった。

「おい」

三右衛門は声を掛けた。女たちが一斉に振り向く。そして揃って顔つきをこわばらせた。無理もない話で、三右衛門も粂五郎もヤクザそのものの風貌だ。身にまとっている雰囲気も険悪である。

自分の夫が相手なら、怖いもの無しに好き勝手なことを言っている女房連も、唇をわななかせるばかりで声も出せない。

「ここに竹本って浪人が住んでいるだろう。竹本の塒はどこだい」

三右衛門がドスの効いた声音で質《ただ》した。女房連の中の、狐に似た顔つきの女が訊《き》き返した。

「あ、あんたら、竹本先生の、なんなのさ……」

三右衛門はチラリと粂五郎に目を向けた。

「竹本先生だとよ」

「ずいぶんと慕われてるようですぜ」

長屋の者に慕われているとなると、話がこじれかねない。三右衛門は己の身分を明かすことにした。

「オイラは赤坂新町の三右衛門ってもんだ。南町の、八巻の旦那の手札を預かってる」

そう言った途端、というより、言い終わる前に、女たちが一斉に表情を変えた。

「八巻の旦那だって？」

「南町の八巻の旦那の子分さんかい！」

揃って立ち上がって、首を伸ばし、三右衛門の背後の木戸に目を向けた。

「八巻の旦那が来てらっしゃるのかい！」

三右衛門たちを突き飛ばして、木戸に殺到しかねない勢いだ。

「やれやれ。芝居小屋の鼠木戸を仕切ってるみてぇですぜ」

粂五郎が嫌気の差した声で言った。

芝居小屋の入り口を鼠木戸という。人気役者の演目がかかると、女たちが我先に押し寄せてきて、押し通ろうとする。小屋の仕切りを任された地回りたちは大変な目にあわされるのだ。

三右衛門も苦り切った顔つきだ。粂五郎が手を振った。

「旦那は来てねぇよ。俺たちだけだ」

「なぁんだ」

女たちは露骨に落胆した。三右衛門と粂五郎としては、多少、惨《みじ》めな思いを感じないでもなかった。

「お前《め》ぇたちが旦那の御用に手を貸してくれたなら、旦那が乗り込んでこねぇとも限らねぇ。だからちっとばかし、話を聞かせてくんな」

「あいよ！　なんでも訊いとくれ！」

三右衛門の言葉に狐顔の女房が張り切って答え、周りの女たちも大きく頷いた。

「それじゃあ仕切り直しだぜ。この長屋に竹本ってぇ浪人が住んでいやがるだろう」

浪人は刀を差しているけれども、町奉行所の支配を受けている。浪人は町人、あるいは無宿者として扱われる。三右衛門も竹本の名を呼び捨てにした。

「ああ、いるよ……」

「竹本は何を稼業にしていやがるんだい。無宿者なら容赦はできねぇ」

賭場の用心棒をしていることは知っていたが、それは正業ではない。そもそも賭場そのものが、江戸市中に存在していないことになっている。

女たちが顔を見合わせた。狐顔の女房が答えた。

「骨接《ほねつ》ぎの先生だよ」

「骨接ぎィ？」

「八巻の旦那と、まんざら関わりのねぇ稼業でもねぇですな」

粂五郎は腰から下げた大福帳《だいふくちよう》を手にして、矢立《やたて》の筆でなにやら書き留めている。酷《ひど》い悪筆なので、後で読めるかどうかは疑わしい。

狐顔の女房が恐る恐る、訊《たず》ねた。

「竹本先生が、何か、やったのかい……？」

「いいや。お縄に掛けようって話じゃねぇ。ただの人探しだ」

三右衛門が適当に答えると、女たちはそろってホッとした顔をした。

「それで、竹本が借りてる部屋はどこだい。今、長屋にいるのか」

「いないよ」

「それじゃあ、どこにいるんだよ」

「知らないよ。どこかの賭場で――じゃなかった、どこかのお屋敷で、怪我人の世話をサ、泊まりきりで診《み》ているんじゃないのかい」

粂五郎が笑った。

「泊まりがけで往診たぁ、ずいぶんな流行《はや》り医者だぜ」

嘘と承知で書き留める。

三右衛門がクイッと顎《あご》をしゃくった。

「竹本の部屋に案内しな」

狐顔の女房が長屋の奥へ向かう。三右衛門と粂五郎が続いた。

竹本は長屋に戻ってきた。

昨夜は才次郎の舟で大川の西岸に戻り、船宿に身をひそめていた。日も高くなって、市中の人出も増えたので、いったん長屋に帰ることにしたのである。

(さて、これからどうしたものか)

江戸で暮らしていることを大和田家に知られてしまった。大和田家は江戸中に人を走らせて、竹本の所在を摑もうとするであろう。

(江戸を離れるしかあるまいな)

しかし、竹本のような浪人が生きていける場所は大都市だけだ。

(京か、大坂か)

旅をするには手形が必要である。

思案している自分に気づいて、竹本はハッとした。

(八巻に討たれて、この世からおさらばするのではなかったのか)

それなのにどうして逃げる算段などをしているのか。竹本は内心、忸怩《じくじ》たる思いを抱えながら、長屋に向かって歩いた。

その時であった。

「行っちゃだめ」

路地から飛び出してきた小さな影が、竹本の袖を摑んだ。

「お前は……」

打ち身と肋骨《あばらぼね》の骨折で寝込んだ左官の娘だ。父娘ともに名前は思い出せないが。

娘は深刻な顔を向けてきた。

「長屋に親分さんたちが来てるの」

「親分さんたちとは？」

「町方のお役人様の手下。南町の八巻様の手下だって」

竹本はギョッとした。

「八巻だと」

激しくうろたえる。

（さすがは南北一の切れ者……、昨夜の騒ぎからたった一夜にして、わしの塒を嗅ぎつけたか！）

神秘的なまでの辣腕《らつわん》ぶりである。千里眼の持ち主という噂は本当なのかも知れない。

娘は、切なそうな顔つきで見上げてきた。

「逃げないといけないの？」

竹本は厳しい顔つきで答えた。

「そうだ。逃げないといけない」

「それじゃあ、ここで会ったことは内緒ね」

竹本は踵《きびす》を返すと、足早にその場を立ち去った。


三右衛門は障子戸《しょうじど》を開けた。

「家財道具がなんにも置いてねぇじゃねぇか。本当にここで暮らしていたのか」

引っ越しをした後のようにガランとしている。

「本当だよ。……それにしてもほんとにまぁ、なんにもない部屋だねぇ」

狐顔の女房が覗きこんで呆《あき》れた。

三右衛門は竈《へっつい》に目を向けた。鍋も鉄瓶も掛かっていない。

「飯は、お前らが炊いてやっていたのかい」

長屋暮らしの独り者は、女のいる家に米を預けて、御飯を炊いてもらうことがある。もちろん手間賃を払ってのことだ。

「いいや。飯は外で食べてたみたいだよ」

用心棒なら、飯が出るところもあるだろう。

水瓶《みずがめ》を覗きこむと、半分ぐらい水が入っていた。三右衛門は杓《ひしゃく》で掬《すく》ってみた。

「水は腐っちゃいねえ。まだ新しい水だな。確かにここで暮らしていたようだ」

粂五郎は雪駄《せった》を脱いで上がり込んだ。そして奥の文机《ふづくえ》に目を止めた。

「親分、書き置きですぜ。宛て先は……俺たちだ」

「なんだと」

三右衛門も板敷きに上がった。文机に寄って書き置きを見た。

「南北町奉行所　御先手衆――か。なるほどオイラたちに向けて書かれた書状のようだが……」

三右衛門も粂五郎も、読み書きの得意なほうではない。もちろん江戸で暮らす者たちのほとんどは読み書きと算盤《そろばん》ができる。三右衛門の表稼業は口入れ屋なので、読み書きと銭勘定ができないと仕事にならない。

「しっかし、達筆な手跡《て》だぜ。おまけに漢文調じゃねぇか。武サ公《ぶさこう》が書いた文は読み下すのに骨が折れる」

三右衛門は苦労しながら読んだ。そして、「おいっ」と叫んだ。

その顔が怒気に染まっている。怒髪天《どはってん》を衝《つ》くとはこういう形相をいうのであろう。

「竹本め、とんでもねぇ大悪党だぞ！」

「なにが書いてあるんです、親分」

「野郎、八巻の旦那と斬り合いをするつもりだ！」

「なんだってぇ！」

と叫んだのは、戸口から様子を窺っていた狐顔の女房であった。

「竹本先生が八巻の旦那と斬り合いィ？　そりゃあ、どういう料簡だい！」

耳をつんざくような金切り声だ。天井からパラパラと埃《ほこり》が落ちてきた。

そりゃあこっちが聞きてぇよ、と、三右衛門は顔をしかめながら思った。


（書き置きも見られたであろうな）

竹本は思案しながら足を急がせた。

自分が斬られた場合に備えた遺書だ。八巻とは正々堂々、武芸者として戦った旨を記した書き置きだが、八巻の手の者が見れば、八巻に対する果たし状だと受け取るに違いない。

（ますます拙《まず》い事態だな）

南町奉行所は総力を上げて竹本を捕らえようとするはずだ。同心に挑戦する浪人を放置しておくはずがない。

（そして捕まれば、わしは大和田の屋敷に送られる）

険《けわ》しい顔をうつむけて、あてどもなく歩んでいたその時、目の前にヒラリと、軽薄な身のこなしで飛び出してきた男がいた。

「だいぶお困りのご様子」

「貴様か」

才次郎が薄笑いを浮かべながら立っている。

（どうやら、こちらの苦衷《くちゅう》を察しておるようだ）

弱みにつけこむために現われたのであろう。人の悪そうな薄笑いを見ればわかる。

（悪党どもの手を借りれば、江戸を抜け出すこともできようが……）

悪党たちは偽造手形で旅をする。道中手形の贋作《がんさく》を専門とする職人がいることを竹本も知っていた。

（仕方がない。今はこいつらの手を借りるか）

まずは、江戸を抜け出すことが先決であった。

「わかった。わしが八巻を斬る」

「お気持ちが変わりやしたかい。八巻を斬ってくれなさるんですね」

「一人の剣客としてではなく、天満屋の配下の刺客として、八巻を討ち取ってくれよう」

「どういうお心変わりで？」

それには答えず、竹本は条件を口にした。

「その代わり、わしが八巻を討ち取ったら、このわしを上方に逃がせ」

「江戸を離れてぇと？」

「そうだ」

才次郎はいやらしい笑顔のまま、頷いた。

「そんなら元締ンところへ戻りやすぜ」

「任せる」

どうせ長屋には帰れない。今は天満屋の世話になるしかない。

二

一人の武士が凄まじい勢いで通りを走ってきた。まだ春だというのに、夏の盛りのように汗を流している。汗には土埃がついて、ずいぶん無残な形相だ。

武士は羽織と袴を着けている。着物の柄や仕立てが時代後れだ。参勤交代の田舎侍だと一目でわかる。ただでさえ無粋な身形《みなり》なのに、息を喘《あえ》がせて走っているのであるから、格好がつかないこと甚だしい。

(宇津木雅楽と一緒にいた野郎だ)

大和田屋敷の門の近くに、荒海一家の子分、常次《つねじ》が座っていた。筵《むしろ》の上に雪駄や草鞋《わらじ》を並べている。履物売りに扮して門の出入りを見張っていたのだ。走ってきた武士に気づいて、笠の下の目を光らせた。

(ずいぶんと慌てていやがるな)

江戸で暮らす者たちは、よほどのことがない限り、道を走ったりはしない。武士であるなら尚更《なおさら》だ。侍が血相をかえて走ったりしたら、御家《おいえ》に一大事が起こったのだと知られてしまう。

武士は大和田家の耳門《じもん》に走り込んだ。

(何が起こったのかはわからねぇが、寅三兄ィとドロ松に報《しら》せておいたほうが良さそうだぜ)

常次は屋敷の裏門を通って台所口へ向かった。大名屋敷の台所には、魚屋や青物売り、酒屋などが出入りしている。それらに混ざってぬけぬけと踏み込んだ。

「御免下せぇ。履物のご用はございませんかえ」

声を掛けると、下女頭《げじょがしら》らしい太った四十女が険しい目を向けてきた。

「ここをどこだと思ってるんだい。勝手に入ってこないでおくれ！」

大名屋敷に仕《つか》える自尊心からか、やたらと権高《けんだか》である。常次は作り笑いを浮かべながら歩み寄った。

「近くの通りを流している履物屋にございい。お屋敷にお出入りを許していただきたく、ご挨拶にめぇりやした」

とかなんとか言いながら、下女頭の手に二朱金を握らせた。女はチラッと目を落とすと、フンと、鼻先を高くしたまま答えた。

「台所仕事の邪魔だけは、しないでおくれよ」

商売の許可が下りたようだ。

「へへっ、合点で」

常次は台所の女たちに向かって声をかけた。

「雪駄、鼻緒直しのご用はございませんかえ」

一人の女がやって来た。

「鼻緒をすげ替えておくれよ。緩《ゆる》んじまって、水場で転びそうになるんだ」

「あいよ。お安い御用だ」

常次は女の前で屈《かが》み込んだ。鼻緒を直すふりをする。女も仕事を見守るふりをして、腰を屈めた。常次が囁きかけた。

「今、血相を変えた侍が走り込んできた。雅楽ノ字と関わりがありそうだ。寅三兄ィに繋《つな》ぎを頼むぜ」

「あいよ」

この女もまた、三右衛門に言い含められて屋敷に潜り込んだ一人なのだ。

「さぁこれでいいぜ。お代は二文だ」

女は帯の間から薄っぺらな財布を引っ張り出して銭を払うと、雪駄を履いて立ち上がった。そして下女頭に顔を向けた。

「沢庵漬けを洗ってきます」

そう言って台所を出ると、まっすぐ裏庭へと向かった。

大名屋敷の敷地内には、大名家の政庁と、大名一家が暮らす御殿の他に、江戸家老の屋敷や、藩の重役たちの家なども建っていた。屋敷の敷地が一つの町のようになっているのだ。

走ってきた武士は政庁には向かわず、下級藩士の住む長屋へ向かった。

「石橋《いしばし》殿！」

生け垣の扉を開けて、長屋の一つに走り込む。障子戸を拳《こぶし》で叩いた。

「石橋殿！　開けてくだされ！」

障子の向こうで人の動く気配がした。

「なんじゃ、騒々しい」

障子戸が開かれて、三十歳ばかりの丸顔の武士が顔を出した。そして、相手の血相の只《ただ》ならぬことに気づいて、小さなどんぐり眼《まなこ》を精一杯に見開いた。

「どうしたのだ、谷村《たにむら》」

谷村と呼ばれた武士は、石橋を長屋の中に押し込んで、自らも長屋に押し入った。後ろ手でピシャリと障子を閉めた。

「竹本新五郎を見つけたのだ！」

さんざん大声を発していたのに、一転、声をひそめてそう言った。

「なんじゃと！」

石橋も囁き声で叫んだ。

「竹本は、いずこにおったのだ！　江戸か？　この江戸におるのかッ」

谷村は昨夜の顚末《てんまつ》を伝えた。

「なんと、深川にか！」

「間違いない！　この十年でずいぶんと老け込み、やせ細っておったが、あの鋭い眼光は相も変わらずじゃ。見間違えるはずもない！」

「おのれっ、よくも我らが勤番するこの江戸に……！　して、竹本は捕らえたのであろうな！」

谷村は首を横に振った。

「昨夜は一晩中、竹本を追い回したのだが、ついに逃げられてしまい――」

一晩中は嘘であるが、谷村はそう言った。

「と、とにかく、大番頭《おおばんがしら》様のお耳に入れておかねばなるまい。そう思って、やって参ったのでござる！」

「おのれッ、竹本！」

石橋が吠えた。雪駄を脱ぎ捨てて床に上がり、奥の座敷の刀掛けに手を伸ばすと、刀を摑んで走り戻ってきた。

谷村がギョッとして質した。

「なにをする気だ、石橋殿」

「知れたこと」

石橋は刀を腰帯に差した。

「竹本を斬る！　わしも竹本を探しに行くぞ！」

谷村はさらに慌てた。

「なにを言う！　それはいかんぞ！」

石橋の身体《からだ》を押しとどめようとした。

「石橋殿ッ、ここは国許《くにもと》ではござらぬ！　上様のお膝元たる江戸の市中だ！　我ら外様《とざま》の大名家中が刃傷《にんじよう》沙汰など起こそうものならただでは済まぬ！　下手をすればお家のお取り潰しまであり得るぞ！」

徳川幕府は開闢《かいびやく》当初、武士たちの乱暴狼藉《ろうぜき》に悩まされた。戦国時代の気風を残した武士たちは、何かといえば刀を抜いて、血の雨を降らせたのだ。

業を煮やした五代将軍の綱吉《つなよし》は、武士の乱暴を禁じた。戦《いくさ》で人を殺せば殺すほど出世もできるし、褒め讃えられるはずの武士たちに「人を殺してはならぬ」と命じたのだ。刀を抜いただけでも、場合によっては処罰する、という法令を発した。その法令は今も生きている。

「刀を抜いたところを、町奉行所の同心どもに見られたら大事だぞ！　短慮はならぬッ」

石橋は目を剝《む》いた。

「ならば、いかにせよと申すのじゃ！」

「だから、まずは大番頭様のお耳に入れるのだ。大番頭様の命に従っておれば、間違いはない」

「しかし、手をこまねいておる間に、竹本に逃げられたらいかにする」

「わかっておる。だが、ここは町奉行所に任せるしかあるまい」

「町奉行所か……」

「町奉行所には、すでに、竹本の探索を頼んである。我らが竹本を見つけたことを報せて、番所や橋番、渡し舟の見張りを厳しくしてもらうのだ」

「わかった。そっちの手筈は任せろ。わしはこれから町奉行所に行ってくる。お主はこの一件を、大番頭様のお耳に届けてくれ」

「心得た」

石橋は走り去っていった。谷村は緊迫しきった顔つきで、屋敷の政庁へと向かった。

御殿の庭を掃いていた寅三が、谷村に目を止めた。

「おいドロ松、見ろよ。あの侍《さむれ》ぇ、凄まじい形相でやって来たぞ。常次の報せにあった侍ぇに違ぇねぇ。お偉方と話をするために来たんだろうが、さて、どうやって聞き出したもんかな」

するとドロ松が不敵に笑った。

「任せといてくれ兄ィ。そんな時のためのドロ松サマだ」

寅三は呆れ顔をした。

「手前《てめ》ェ、昔の悪い癖を出すつもりか」

「へへっ、二度とコソ泥はしねぇと親分に誓いを立てたオイラだけれど、これは盗みなんかじゃねぇ。八巻の旦那のお手伝いだ。誰に憚《はばか》るもんでもねぇさ」

「……他に妙案もねぇしなぁ。だけどお前ェ、こんな真っ昼間に大丈夫なのか」

「なぁに、昼間のほうが油断が多いってこともある。まさか昼間に泥棒は来るめぇとたかをくっていやがるからな。それにオイラはこのお屋敷の小者《こもの》だ。見つかったって、言い逃れのしようもあるってもんですぜ」

「よし。それじゃあ頼んだぜ」

「任せといてくれ」

ドロ松は勇躍、走り去った。

三

(フン、ずいぶんな安普請だな)

縁の下に潜り込んでドロ松はほくそ笑んだ。

武家屋敷や大名屋敷には、忍び返しと呼ばれる仕掛けが施《ほどこ》されているものだ。天井裏や縁の下などは壁で仕切られて、移動が不可能なように造られている。

ところが昨今の大名家には金がなかった。窮状に喘いでいる。

江戸の街ではほぼ十年に一度、江戸中を焼き払うような大火があり、その度《たび》ごとに大名屋敷は綺麗《きれい》さっぱり燃え尽きた。

建て直さなければならないのだが、金がない。

(表向きの青畳や襖絵《ふすまえ》には金を掛けても、縁の下や天井裏には、金を掛けられねぇってわけだ)

安普請のせいで素通しとなった縁の下を、ドロ松は好き勝手に這《は》っていく。

(野郎が入っていったのは、たしか、この辺りだが……)

話し声など聞こえはせぬかと耳を済ませたその時、

「なにっ、竹本を見つけただとッ」

怒気をはらんだ大声がした。ドロ松は（しめしめ）とほくそ笑んだ。

（竹本ってのは、八巻の旦那が探していやがる浪人だ。よし、これで話が繋がったぞ）

ドロ松は声のするほうに這っていく。その間にも、怒声は続いた。

（声をひそめる遠慮も知らねぇのか。よほどのお偉いさんだな）

お陰で盗み聞きが捗《はかど》りそうだ。ドロ松は声の主の真下に忍び込むと、息をひそめて耳を澄ました。


「竹本めを捕らえ損なっただと！」

老武士がカッと赫怒《かくど》した。

書院造りの広間の床ノ間を背にして座っている。歳の頃は六十代の半ば、髷《まげ》も眉毛も真っ白だ。カッと見開いた目を炯々《けいけい》と光らせ、顔面全体に紅く血を上らせていた。

野獣の如くに猛々《たけだけ》しい風貌である。信濃国五万八千石、大和田家の大番頭、菅《すが》沼左近《ぬまさこん》は、間違えて江戸時代に生まれてしまった戦国武将のような男であった。

大番頭とは、戦の際に陣頭に立って、藩の侍や足軽たちを指揮する者をいう。戦国時代であれば侍大将だ。だからといって、猛々しければ良いというものではない。武士にも雅《みや》びが求められるのが、昨今の気風だ。

谷村は満面に汗を浮かべながら平伏した。

「もっ、申し訳ございませぬ！　国許であれば刀を抜いて斬りかかり、必ずや討ち取りましたものを……。この江戸ではそうも参らず、御家の無事を思えば、騒動を大きくすることもできず……」

石橋にも語って聞かせた理屈を使って、失態の言い訳をしようとしたのであるが、菅沼左近のような硬骨漢《こうこつかん》にはまったくの逆効果だ。

「言い訳無用！」

ピシャリと雷を落とされて、谷村はますます小さく平伏した。

「そのほう、今、この時を、なんと心得る！」

「ははっ」

「我が人生において最も大なる切所《せっしょ》。その切所を乗り越えねばならぬこの時に、その障《さわ》りとなる竹本を取り逃がすとは何事。いったいどういう心底か！　貴様ッ、そのような腑抜けた有り様で、御家に奉公が適《かな》うと思うてか！」

今にも「腹を切れ」と命じられるのではあるまいか、と、谷村は背筋を震わせた。

左近は真っ赤に血の上った顔で延々と谷村を睨《にら》みつけていたが、やがて大きく息を吐いた。

「それで、竹本めの棲家《すみか》は見つけ出したのか」

「ハッ、間もなく、町奉行所より報せが届こうかと……」

「役に立たぬ！　町奉行所に届けを出したのは五日も前ではないかッ。町方役人どもめが、いったい何を愚図愚図しておるのか！」

「町奉行所も御用繁多《はんた》でございますれば……」

「言い訳無用！」

言い訳ではない。町奉行所の擁護をしただけなのだが、とにもかくにも谷村は頭を下げた。

左近は、歳のわりには綺麗に生え揃った歯を嚙み鳴らした。ギリギリと軋《きし》む音が谷村の耳にまで届いた。

「この六月には、殿が国許よりお戻りになる」

六月は参勤交代の季節だ。

「江戸に出府なされた殿は、柳営（幕府）に隠居の願を出され、若君様が新たなご当主となられる」

谷村は俄《にわ》かに驚いて顔を上げた。

「殿が隠居願を？　なれど若君様は、未だ十一歳の若年」

「殿は近年、病《やまい》がちにて、殿中でのご奉公に堪えられぬと、左様《さよう》申されての。そういった抜き差しならぬ次第があれば、柳営は若年での元服と就封をお認めくださる。別段、珍しい話でもない」

「ハハッ。御家のますますのご繁栄、間違いなきことにて、おめでたいかぎりにございまする」

左近は谷村の言葉など、まったく聞いていない。

「しかし、十一歳の子供に五万八千石の政《まつりごと》を背負わせるのは無理じゃ。代わりとなって御家を取り仕切る者がおらねばならぬ」

そして左近はカッと両目を見開いた。

「このわしをおいて他に、その重責を担《にな》える者がいようか！」

要するに、主君の若年につけこんで、藩政を私物化しようという魂胆なのだ。

「若君にとって雅楽は同母兄。若君が頼りとするのは、まず第一に雅楽であろうぞ」

「いかにも、左様にございましょう」

「なればこそ、雅楽にまつわる不名誉は取り除いておかねばならぬ。つまるところは竹本新五郎じゃ。雅楽の仇討ちが首尾よく運べば、家中における雅楽の声望も上がる。若君のお傍《そば》近くに仕えるのに、なんの憚りもなくなるのじゃ」

「ごもっとも」

「かくしてわしは、名実ともに、御家を支える脇柱となる！　わしの手で、いかようにも、御家を切り回してくれようぞ！」

左近は高笑いを響かせ、そしてすぐに険しい顔に戻った。

「竹本めを捕らえるのじゃ！　仇討ちの場に引き擦《ず》り出してくれる！　そのほうどもの手で斬り苛《さいな》んで、とどめは雅楽が刺す！　そのためにそのほうども、家中きっての手練を江戸に集めたのだ。さあ行けッ。竹本めを引っ捕らえて、わしの目の前に連れて参れ！」

谷村は「ハハッ」と答えると、跳ねるようにして立ち上がり、座敷を飛び出して行った。

（話はこれで終わりかい）

ドロ松はゆっくりと縁の下から這い出した。

裏庭に戻ると、寅三が小走りに寄ってきた。

「おう、どうだったい」

「抜かりはねぇですぜ。悪企みはしっかりとこの耳で聞き取ったァ」

「でかしたぜドロ松。で？　どんな悪企みをしていやがったんだ」

するとドロ松は、急に渋い表情になった。

「難しいお武家言葉ばっかりで、何を言ってやがったのか、サッパリですぜ」

とりあえず、耳にした言葉をそのまま伝えた。寅三も首を捻《ひね》っている。

「俺たちにゃあわからねぇが、聞いたそのままを八巻の旦那に伝えれば、一部始終、呑み込んでくださるに違ぇねぇぜ」

「なるほど。そのとおりだ」

「手前ェにゃあ小者の仕事がある。夕方まで屋敷を離れることはできねぇ。左近とやらの物言いを忘れねぇようにしろよ」

「それは……、安請け合いはできねぇなぁ。オイラ、物覚えが悪いから」

ドロ松は竹箒を手にして庭の白砂を掃き始めた。左近が語った言葉を口の中で何度も繰り返しながら、夕方になるのを待った。

四

その日の正午ごろ、八巻家の役宅を宇津木雅楽が訪れた。

「これは若殿様。へいへい、ようこそお渡りを」

銀八が軽薄な物言いで迎え入れる。

「ちょうど良かったでげすよ。今日は非番の日でげす。ウチの若旦那はさっき起き出して朝御飯を——いいえ、ずっと前に起き出して、今は昼御飯を食べているところでげす」

雅楽は人目を憚るようにして入ってきた。

「早急にお目に掛かりたい。一大事だ」

「へいへい。只今」

銀八は滑稽なガニ股で台所に向かった。

雅楽と卯之吉は表座敷で面談した。朝寝坊の卯之吉も、さすがにこの時刻になればパッチリと目を開いている。

「八巻殿」

雅楽が、子供ながらに真剣な顔つきで身を乗り出してきた。

「当屋敷の者が竹本新五郎を見つけた。……いや、まだ居場所は掴んでおらぬのだが、当屋敷の者は、江戸に竹本がおるとの確証を得て、総出を上げて探し回っておる」

卯之吉は「おや」という顔をした。

「これはこれは。奇遇ですね。今さっき、荒海の親分さんがお帰りになったところでしてね」

雅楽は幼い顔を傾《かし》げた。

「荒海の親分さんとは？」

「あたしが手下に使っている……ということになっている、ええと、まぁ、そういうお人です」

卯之吉は雑事を書き留めている帳面を引っ張りだした。

「お訊ねの、竹本様の塒がわかりましたよ」

「なんと！　さすがは八巻殿！」

「あたしがお褒めいただくことじゃあないんですけれどね、南北の町奉行所よりは早くに、調べをつけることができたようですねぇ」

卯之吉は帳面を読み上げた。

「竹本様は、下谷広小路近くの長屋にお住まいです。……住んでいらっしゃる方が聞いたら、お気を悪くなさるでしょうけれど、あの辺りは江戸でも指折りの貧乏長屋でございますよ」

竹本の貧しい暮らしぶりを思いやり、卯之吉が悲しそうな顔をすると、なにゆえか、仇を追っているはずの雅楽までが、悲しげな顔をした。

「それでは拙者、早速に参る！」

「いや、ですからね」

卯之吉は腰を上げようとした雅楽を止めた。

「そんなお綺麗な振袖姿で乗り込んで行ったら危ういですよ。人攫《ひとさら》いだって住んでいらっしゃるような所ですから」

人攫いに敬語を使う同心はあきらかに変なのだが、雅楽はそこには気が回らない様子であった。

「しかし、このままではいずれ、当家の者が竹本殿を捕らえてしまう」

「おや」

卯之吉は首を傾げた。

「あなた様の仇でしょうに。どうして捕まえたら拙《まず》いのですかね。なにやら腑に落ちないお話でございますねぇ」

雅楽は「しまった」という顔をした。卯之吉は重ねて問うた。

「深いご事情がおありなのでしょうね」

雅楽は愛らしい顔を苦悶に歪《ゆが》めて俯《うつむ》いた。それきり黙り込んでしまった。

「お武家様のお屋敷でのご事情に、あたしのような者が立ち入ることは、控えさせていただきますけどね。とにかく、竹本様の塒に行ってみましょう。銀八」

台所に声をかけると、銀八が幇間《ほうかん》ならではの滑稽な姿で顔を出した。

「へいへい。お呼びでげすか」

「下谷広小路に行くよ。荒海の親分さんを呼んでおくれ。こちらの若殿様の身を守らなくちゃならない。威勢の良い若い衆を頼むよ。あたしらもこれから出るからね、八辻原《やつじがはら》の『吉亭《きちてい》』で待ち合わせをしよう」

筋違橋《すじかいばし》の近くにある高名な料理茶屋を卯之吉は指定した。

「へいへーい」

銀八はすぐに走り去った。赤坂新町へ向かう。

一刻の後、卯之吉は雅楽と一緒に、竹本の長屋に乗り込んだ。

「南町の八巻様だよ！」

黄色い声が耳をつんざく。女たちが一斉に沸き立った。まるで江戸三座の二枚目役者を目にしたかのような大騒ぎだ。

お供の三右衛門が耳を塞《ふさ》いでしかめ面《つら》をした。

「どいつもこいつも、いい歳をしたおっかぁのくせに、小娘みてぇに騒ぎやがって！」

女たちは声を限りに喚《わめ》き散らし、中には気を失って倒れる者まで出る始末だ。とにかく、女たちを正気に戻さないことには話にならない。

「やいやいッ！　旦那は御用の筋で来たんだ。静まりやがれ！」

強面の親分の叱責も、女たちの耳には届かない。三右衛門は「もうウンザリだ」という顔をした。

「あーあー皆さん、ちょっと話を聞いておくんなさい」

卯之吉が声をかけると、歓声がピタリと止んだ。卯之吉が何を言い出すのか、身を乗り出して待っている。

「ええとですねぇ、こちらに、竹本新五郎さんっていうお人が住んでいらっしゃいますよねぇ」

女たちは「ええ、住んでいますとも！」「竹本先生にどんなご用で」「あたしがご案内いたしましょう」「いいえあたいが」「なんだってあんたなんかが」「ええい邪魔だよ、お退《ど》きよ」「何するんだいこの婆ァ！」と、蜂の巣を突っついたような騒ぎだ。

卯之吉もさすがに困惑顔である。といいつつ傍目《はため》には、ほんのりと微笑して、首を傾げているだけなのだが。

「ええと、竹本様は、もう、お戻りですかねぇ」

それに答えたのは荒海一家の粂五郎だ。

「戻っちゃいやせんよ。あっしが見張っておりやした」

粂五郎はずっと木戸前で張りこんでいたのだという。

「ああ、そう」

卯之吉は雅楽に顔を向けた。

「だ、そうですよ。無駄足でしたかねぇ」

雅楽も、この騒ぎの中で、自分が何をどうしたらいいのかわからない様子だ。

そんな雅楽に女たちが目を止めた。

「あら、そちらの若様もずいぶんと愛らしいお顔だちだよぉ」

「まるでお人形のような」

「食べてしまいたいくらい」

まるで人食いの鬼婆軍団が、笑顔で迫って来たかのようなおぞましさだ。

雅楽は恐怖に身をこわばらせながら後退《あとずさ》った。

卯之吉は「ふふふ」と笑った。

「水谷様みたいな女人嫌いにならなければよろしいんですがねぇ」

笑い事じゃねえだろう、と、三右衛門は思ったのだけれども、三右衛門をもってしても、この場をどう鎮めたものか、思案がつかなかったのであった。

そんな喧噪《けんそう》を、遠くから見ていた者がいた。

（……八巻だ！）

才次郎は物陰に身をひそめて、首だけを伸ばした。

（三右衛門もいやがる！　くそっ、なんてぇ奴らだ）

竹本を使って八巻を殺させる算段をした。その日のうちに竹本の塒に八巻が乗り込んできた——と思い込んだ。

(千里眼なんてもんじゃねえぞ！　こいつは神通力だ！)

神仏のような目で、悪党どもの一挙手一投足を見張っているのではあるまいか。もしそうだとしたら、この江戸のどこにも、逃げ場も、隠れ場所もない。

才次郎は身震いしながら、身を翻《ひるがえ》した。


「……っていうことなんでさぁ」

天満屋の元締の隠れ家で、才次郎は自分が目にした光景を、ありのままに伝えた。

暗い座敷に天満屋と竹本が座っている。

「やはり、八巻とその手下か」

竹本は険しい顔つきで頷いた。

天満屋は才次郎に訊ねた。

「他には、なにか見聞きしたことはなかったのかい」

「へい、そういえば……」

才次郎は首を傾げながら記憶を辿《たど》った。

「やたらと派手な振袖姿の若侍が一緒におりやした。八巻が『ウタ様』と呼んでいたような……」

「雅楽だと！　雅楽が八巻と一緒に来たのか！」

竹本が顔色を変えた。のみならず太い腕を伸ばして飛び掛かって、才次郎の衿首をグイグイと締め上げた。

「それはいくつぐらいの、どんな顔をした子供だ！」

「はっ、放しておくんなさい！　苦しい……！」

才次郎は咳き込みながら、雅楽の風貌を伝えた。

竹本は才次郎を突き放した。一切無言で、顔をヒクヒクと震わせている。

その様を天満屋が横目で見ている。

「どうしなすった、竹本先生。その雅楽という若侍と、なんぞ因縁でもおありなのでございますかえ」

竹本は憮然として座り直して、鼻から大きく息を吹き出した。

「お前たちには関わりのなきこと」

天満屋は微かに笑った。

「先生が追われていなさった次第と関わりがあるんでございますかえ」

「知らぬ！」

「どうやら先生は、その雅楽様から身を隠したいご様子ですな。そのために江戸を離れたい。道中手形と路銀を手に入れるために八巻と戦ってくださる。……なるほど、これで話が読めましたよ。昨日の今日で急に翻意《ほんい》なさって、やつがれに手を貸すと仰《おっしゃ》るのでねぇ、やつがれもどういうご心底なのか、正直、量りかねていたのですよ。事の次第が明らかになって、これで安心して先生と手を組むことができますよ」

「口数の多い男だ」

「やつがれは商人ですから」

天満屋は低い声で笑った。

「それでは、江戸を離れたいと焦る先生の胸中をお察しして、なるべく早くに、八巻と手合わせを願いましょう」

「どうやって、八巻を誘《おび》き出すのだ」

天満屋は引きつった笑い声をあげた。

「簡単でございますよ。八巻は先生を探しておるのです。先生ご自身が餌となって、八巻を誘き出せばよろしいのですよ」

第六章　大川の仇討《あだう》ち

一

深夜、三右衛門とその手下たちが竹本の長屋の木戸を見張っている。

「湿気《しけ》ッ地《ち》だな。土の冷たさが足裏に凍《し》みるぜ」

三右衛門は身震いをした。貧乏長屋は低地にあることが多い。春とはいえども夜中は冷え込む。

粂五郎が小走りにやって来た。

「裏を張らせている若ぇ《わけ》のも、何も見てねぇって言っておりやす」

「油断なく見張れと言っとけ」

粂五郎は低頭して闇の中に消えた。果たして本当に竹本が帰ってくるのかどうかもわからない。気の短い侠客たちにとって、張り込みは辛い仕事であった。

それからどれぐらい経ったのか、ついウトウトとしたところで、ゴーンと鐘の音が響いて、三右衛門は目を覚ました。

(夜四ツか)

長屋の木戸を閉めなければならないとされている刻限だが、貧乏長屋のほとんどには、木戸などという上等なものはついてない。いつでも出入り勝手だ。

と、その時、三右衛門は夜道を歩く浪人に気づいた。

(竹本か?)

この長屋に浪人は竹本一人しか住んでいない。この木戸をくぐったなら、竹本であると見てよいだろう。

息をひそめて見守る中、浪人は粗末な木戸をくぐろうとした。

「おい、待ちない」

三右衛門は隠れていた場所から飛び出した。

「手前《てめ》ェ、竹本新五郎だな?」

すると浪人は、油断なく身構えながら答えた。

「だとしたら、なんとする」

三右衛門は目に凄みを利かせた。

「オイラは、南町の、八巻の旦那の手下だ。御用の筋で検《あらた》めさせてもらうぜ」

浪人の顔が歓喜に震えた——ように見えた。

「八巻か！　どこにおる！」

三右衛門は「ああ？」と声を漏らした。

「なんだよ、手前ぇまで女子供みてぇに嬉しげな声を上げやがって。ウチの旦那は人気役者じゃねぇんだぞ」

頓珍漢《とんちんかん》な勘違いをしているところへ、美鈴が走り寄ってきた。竹本を逃がさぬように応援に来たのであるが、その姿を見て、三右衛門と同じくらいに粗忽《そこつ》な竹本が吠えた。

「八巻かッ」

いきなり抜刀する。ビュンッと凄まじい風切り音を立てて刀身が振り抜かれた。

「うわわっ」

三右衛門が真後ろに尻餅《しりもち》をついた。

竹本は美鈴に向かって凄まじい殺気を放った。

「尾州浪人、竹本新五郎！　八巻殿に立ち合いを所望ッ、いざ尋常に勝負！」

美鈴は一瞬、呆気《あっけ》にとられたものの、そこは剣の使い手だ。刀を抜いて身構えた。しかし咄嗟《とっさ》のことで準備も心構えもできていない。女の髪形を隠すために塗笠《ぬりがさ》を被《かぶ》っていたのだが、それを取る暇もなかった。

「トワアッ！」

竹本が突進してくる。体当たりをぶちかます勢いで斬りつけてきた。

美鈴は刀で打ち払った。体《たい》をかわして、竹本の突進をやり過ごそうとする。しかし、足元はぬかるんだ泥だ。草鞋《わらじ》の底を滑らせて、体勢を大きく崩してしまった。

「ドリャアッ！」

竹本が二ノ太刀を真横に斬り払った。美鈴の身の軽さと、稽古で鍛えた跳躍力がなかったら、胴体を真っ二つにされていただろう。

刀を繰り出して打ち合わせる。ギインッと凄まじい音が響いた。美鈴は柄《つか》を握った指の骨が砕けたような衝撃を覚えた。

「キャアッ」

思わず悲鳴を上げる。被っていた笠が外れて美鈴の美貌と、長い黒髪が露わになった。

竹本が「むっ」と呻《うめ》いた。そして急いで間合いを取った。仰天しきった顔つきで美鈴を見つめる。

「……女ッ？」

八巻ではない、と覚《さと》ったのだろう。目に動揺を走らせていたが、すぐに身を翻《ひるがえ》して逃げ出した。

「待ちやがれッ！」

三右衛門が追う。

美鈴は、大きな息をつきながら刀を鞘《さや》に納めた。指を握ったり開いたりして、骨に異常がないことを確かめた。

（恐ろしい敵……！）

本気で斬り合ったなら、きっと敵《かな》わない。美鈴が倒されたら、卯之吉は、なすすべもなく斬られる。

「まったく、こうも寒くちゃやりきれないねぇ」

長屋の近くを流れる掘割のたもとに、小さな船宿が建っていた。卯之吉は横《おう》着《ちゃく》なことに、張り込みは三右衛門たちに任せて、自分だけ船宿の二階座敷に上がり込んでいた。

目の前に七輪が据えられ、土鍋の湯豆腐が湯気を上げている。銀八に酌をさせ、熱燗《あつかん》をキューッと呷《あお》った。

商家の若旦那の格好で、刀も持ってきていない。捕り物になったらどうするつもりなのか。さすがの銀八も呆れ顔だ。

「親分さんたちを働かせて、自分だけこんな所にいるってのは、どうしたもんでげすかねぇ」

「まぁ、そう言うんじゃないよ。これもご奉公のための用心さ。あたしは蒲柳《ほりゅう》の質《たち》だからねぇ。寒い夜中に張り込みなんかしたら風邪をひいてしまう。そうしたら一大事だ。南町奉行所に出仕ができなくなってしまうよ」

「とんでもねぇ屁理屈でげす」

「なぁに、ここからちゃんと見張ってるのさ。だからこうして、寒いのに、障子《しょうじ》を開け放っているのだからねぇ」

二階座敷の窓を開けさせ、それで、長屋のほうを見張っているつもりでいるらしい。いかにも卯之吉らしい横着ぶりだ。

銀八が呆れ果てて返す言葉もなくなった、その時であった。

「おや」

窓の外に目を向けて、卯之吉が声を上げた。

「なんだか妙な気配だよ。銀八、見てご覧よ」

銀八は言われたとおりに窓に寄って、身を乗り出した。

「ご浪人様が走って来たでげす。だいぶ慌てたご様子でげすよ」

暗くて顔はよく見えない。

「こんな夜中になんだろうねぇ。おや、あそこに繋《つな》いである猪牙《ちょき》に乗るおつもりだね」

卯之吉は腰を上げた。

「面白《おもしろ》そうだ。行ってみようじゃないか」

「面白そう？」

「なんだか、野次馬根性をそそられたよ、あたしは」

卯之吉はそそくさと階段を下りた。

「女将《おかみ》さん、舟を出しておくれ」

船宿だから舟と船頭は常に待機している。二階の座敷の払いと合わせて、たっぷりと心付けを弾むと、金の力が物を言って、すぐに猪牙舟が用意された。

「旦那、乗っておくんなせぃ」

腕の良さそうな中年の船頭が頭を下げる。卯之吉は、ぬらりんと舟に乗り移った。水面には小波ひとつ立たなかった。

「こりゃあてぇした旦那だ」

猪牙舟に上手に乗ることができて、初めて一人前の放蕩者である。船頭は卯之吉の物腰に感心している。

続いて銀八も乗り込む。今度は大きく波が立って、船頭はしかめ面《つら》をした。

船底に敷かれた茣蓙《ござ》に腰を下ろしながら、卯之吉が訊《たず》ねた。

「船頭さん、ずいぶんと年季が入っていなさるご様子だね」

「へい。十三の時から櫂《かい》を握っておりやす」

「それならきっと目利きだろう。前を行く猪牙の船頭を、どう思いなさるね？」

「へい？」

船頭は闇に目を凝らした。そして怒気を面《おもて》に昇らせた。

「ありゃあ素人《しろうと》だ。腰の入れようも、櫂の握りようも、てんでなっていねぇ！」

「あたしもそう見るよ。素人が舟を操って、ご浪人様を運んでいる。なんだか怪しいじゃないか。そういうわけでね、追っておくれ」

船頭は首を傾《かし》げた。

「若旦那は、いってぇ、どういうご身分なんで……？」

卯之吉は「ふふふ」と微笑《ほほえ》みながら、腰の莨入《たばこい》れの煙管《きせる》を抜いた。

「暇を持て余した放蕩者さ。酔狂の虫が騒ぎ出したってところかねぇ」

船底にあった莨盆で火をつけて、プカーッと紫煙を吹かした。


翌朝、八丁堀の役宅に帰って来た卯之吉は、帰ってくるなり大きなあくびをもらした。

「旦那様ッ！」

三右衛門と美鈴が血相を変えて走り寄ってくる。

「いってぇ、どこに行っていなすったんですかえ！」

卯之吉は眠い目を擦りながら答えた。

「竹本様の長屋のほうから走って逃げてきたご浪人様を追って、川向こうへねぇ、足を伸ばしてきたのさ」

「長屋から逃げた浪人！」

三右衛門は美鈴に目を向ける。美鈴も大きく頷《うなず》いた。

「旦那様ッ、それは竹本新五郎に相違ございません！」

「どうしてわかるんですかね」

「だって、名乗りましたもの」

「はぁ、左様《さよう》で」

三右衛門がグイグイと暑苦しく迫ってきた。

「この女武芸者を、旦那だと思い込んで、立ち合いを挑んできたんですぜ！」

「あたしと立ち合い？　なんの？　利き酒ですかね。それとも闘茶かね？」

闘茶とは、茶の銘柄や産地を当てあう遊びである。

「なに言ってるんですかい。旦那に挑むといったら、ヤットウの勝負に決まってるでしょうに！」

美鈴も殺気だった顔つきだ。

「竹本の居場所は摑めたのですか」

「それがねぇ、川向こうは薄暗いだろう。おまけに沼地や葦原《あしはら》で、船頭さんも良く知らない、細い川が幾筋も流れてる。大水のたびに流れが変わるっていう困りものでねぇ、ついに見失っちまったのさ。それでまぁ、朝までこうして、足を棒にして探し回っていたっていう——」

美鈴は形の良い鼻筋をクンクン鳴らした。

「お酒臭い……！　とかなんとか言いながら、本当は深川の門前町で飲んでいらしたのではないのですか！」

「そりゃあまぁ、川向こうにまで行って、富ヶ岡八幡様の御門前に顔を出さないようでは、あたしの沽券《こけん》にかかわりますもの」

「なんの沽券！」

「まぁまぁ」

卯之吉は美鈴を押しとどめた。

「それにしても、どうして竹本様は、あたしに勝負を挑んでこられたのでしょうねぇ？　あたしが宇津木雅楽様のご依頼を受けているってことは、知らないはずですのに」

「その思案はともかく、旦那、ドロ松の野郎が、話を聞き込んで参《め》ぇりやしたぜ」

「どんな話？」

「雅楽の仇討ちの、裏の事情かもしれねぇんで。旦那にご吟味をお願《ねげ》ぇしてぇ」

「ほう」

二

卯之吉からの使いが大和田屋敷に走った。宇津木雅楽は、屋敷の者たちには気づかれぬように注意しながら、卯之吉の屋敷までやって来た。

「昌平黌《しょうへいこう》の教授を抜けて参った。あまり時間がない」

「昌平黌ってのは、昌平坂の上にある学問所のことですね。それを抜けて来なさるとは。ははぁ、学問はお嫌いですかぇ」

「そうではないッ、貴殿が『内密の話があるから来られたし』というので、抜けてきたのだ！」

「ああ、そうでした。お呼び立てして申し訳ない」

「それで、どういった話か」

「あい。実は昨夜《ゆうべ》、竹本様を見つけたのですよ」

「なんと！　して――」

「それがいろいろと面妖《めんよう》な話になっておりましてねぇ」

卯之吉は微苦笑しながら、雅楽に目を向けた。

「あなた様が竹本様をどうなさりたいのか、そしてその理由はなんなのか、そろそろお話しいただけませんでしょうかね」

「うッ、それは……」

「あなた様は、大和田家の若君様とは、おっかさんを同じくするご兄弟なのですね。おとっつぁんは違いますけれども」

雅楽は目を丸くした。

「どうしてそのことを！」

「申し訳ないとは思いましたがね。調べさせていただきましたよ」

「だからと言って、当家の秘事を易々《やすやす》と探り出すとは……。ウウム、さすがは江戸に名高き八巻殿。南北町奉行所一の同心だという噂に偽りはござらぬな」

「いえいえ。それは買いかぶりも甚《はなは》だしいのですがね。あたしが拝察いたしまするに、あなた様のお母上は、あなたのお父上との間に、あなた様を産んだ後、なにゆえあってか、お殿様のご側室となった。そして若君様をお産みなされた。その〝なにゆえか〟が大きな問題」

雅楽は小さな手で袴を握りしめている。卯之吉は続ける。

「あなた様は竹本様を仇と狙っていらっしゃる。つまり、あなた様のお父上を手にかけたのは竹本様。それでよろしゅうございましょうか」

雅楽は答えず、身を震わせている。

「大和田様の御家中が、血眼《ちまなこ》になって竹本様を追うのはわかります。あなた様は若君様の、父親違いの兄上様。仇討ちを果たさないことには、あなた様のご面《めん》目《ぼく》は潰れたまま。親の仇を討ち果たすことができない、というのは、お武家様の間では大きな恥辱でございましょう」

「……違うのだ」

雅楽が、震える声を搾《しぼ》り出した。

「はい？」

顔を上げた時、雅楽の両目は涙に濡れていた。

「父を殺《あや》めたのは竹本新五郎殿ではござらぬ！　我が祖父の、菅沼左近であったのだ！」

「菅沼様？　……ああ、ドロ松さんが言っていた大番頭様ですね」

「菅沼左近は、我が母の父でござる」

「すると若君様から見てもお祖父様《じいさま》――ということですね」

これを外祖父という。

「外祖父の地位を手に入れるために、祖父は、父を殺して、母を殿の側室としたのだ！　母を奥御殿に入れるためには父が邪魔。だから祖父は父を殺したのだ！　わたしの仇は、祖父なのだ！」

卯之吉はポカーンと阿呆《あほ》ヅラを晒《さら》して聞いている。

「……なんとまぁ、込み入ったご事情があったものですね。なんだか、芝居の筋書きみたいですねぇ」

などと無神経極まる物言いをした。


竹本は、天満屋の隠れ家の一室、薄暗い座敷に一人、黙然と座していた。

(すべては、わしの慢心から始まったことだったのだ)

片時も忘れたことのない、十二年前のおぞましき事件。

(少しばかり剣の腕が立つことに慢心し、わしは天狗となっておった)

そんな竹本に悪魔が囁きかけてきた。

(左様、悪魔だ。奴めは悪魔だったのだ)

悪魔とは元は仏教用語で、僧侶の修行を妨げる魔物のことをいう。

（わしは悪魔に唆《そそのか》されて、剣の道から転落した）

その悪魔、菅沼左近の顔と声を、今でもはっきりと思い出すことができる。

『当家の剣術指南役と仕合いをいたすが良い。もしも勝ちを得ることができたならば、わしが貴殿を、殿に推挙してくれようぞ』

一介の武芸者に向けられた破格の厚遇。今にして思い返すと、その目はまったく笑っていなかった。

（ここで疑うべきだったのだ。裏に悪しき企みがあるのではないのか、と）

しかしその時の竹本は、この好意を、むしろ当然のこととして受け止めた。己の剣が高い評価を受けるのは、当たり前だと思っていたからだ。

（わしは、大和田家の剣術指南役と仕合いをした……そして）

「竹本殿は、我が父に打ち勝たれた。木剣にて打たれた我が父は、その日の夜に急逝した——とのこと」

卯之吉は痛ましそうな顔をした。

「打たれ所が悪かったのですねぇ」

「それは違う」

雅楽は子供ながらに厳しい面相で首を横に振った。

「父は、祖父に殺されたのだ」

「どうして、そんな大事を知ったのです？　その頃のあなた様は、まだ赤子であったでしょうに」

「母から聞かされた」

「なんと」

「身内褒《ぼ》めをいたすようだが、母は美しい女人《にょにん》だ」

「はぁ。あなた様のお顔だちを見ても、察せられますねぇ。男の子は母親に似ると申しますから」

「殿は、母に横恋慕をなさっておられたのだ。殿の邪心を知った祖父は、殿のご機嫌を取るために、母を奥向きに送り込もうとした」

「だけどあなた様のお母上には、お父上という伴侶がいらっしゃいますねぇ」

「祖父は、廻国の武芸者であった竹本殿を唆し、我が父と仕合いをさせたのだ。竹本殿が我が父を打ち殺すことを期待したのであろう。なれど竹本殿は、我が父の、肩の骨を砕くのみにとどめた」

「ご人徳がございますねぇ」

「寝込んだ父の見舞いと称して、寝所に入った祖父は、毒を含ませて父を殺したのだ。その一部始終を襖《ふすま》の陰から、母が見ていた」

「あなた様のお母上からすれば、その菅沼様という御方は実の父親。驚いたことでございましょうねぇ」

それには答えず、雅楽は話を進めた。

「父は竹本殿のせいで死んだ――とされたのだ。寡婦となった母は、ご側室として奥向きに迎えられ、そして間もなく、若君様をお産みなされた」

「竹本様はどうなったのです」

「竹本殿はご自分が父に負わせた怪我が致命傷ではないことを知っている。祖父とすれば、秘密を知る竹本殿を生かしておくことはできぬ。仕合いに不正があったのだと言い立てて、父の死の責めを竹本殿に負わせたのだ」

「ああ、なるほど。そういう次第であなた様は、竹本様を親の仇として討たねばならなくなったわけですね」

「竹本殿は父の仇ではござらぬ」

「それで、あたしに竹本様を見つけさせ、逃がそうとなさったわけですね」

「ご賢察のとおり」

「ようやく話が呑み込めましたよ」

　そう言ってから卯之吉は、少し思案顔をした。

「ですけれどねぇ……。竹本様が親の仇だという話になっているのだとしたら、本当のお話がどうであろうとも、あなた様は竹本様を討たなくちゃならない、そういうお立場に追い込まれていなさるんじゃないんですかねぇ？」

　雅楽は口惜《くちお》しそうに俯《うつむ》いた。その無言は、肯定を意味していると思われた。

「竹本様を討ち取らない限り、お侍様としての御立場がないのでございましょう？」

　仇持ちの武士は、仇討ちを果たさぬ限り藩籍に復帰できない。藩士として認めてもらえず、役目に就くこともできない。

「今はご元服の前ですから、仇討ちの旅は猶予されているのでしょうけど、ご元服なさったら、御家を追い出されますよ。それじゃあお困りでしょう」

「かまわぬ。わたしは一生浪人でも良いのだ」

「ふぅん……」

「もしも竹本殿がわたしを返り討ちにしようというのであれば、それでもいいのだ。わたしは喜んで竹本殿に討たれよう」

「そこまで思い詰めていなさるのですかえ」

いかにも十代の少年らしい、純粋で真っ直ぐにすぎる心情だった。

「ですけどね、竹本様も、あなた様とは斬り合いをしたくないご様子ですよ。だって、大和田家の皆様から必死に逃げようとなさっていますもの。竹本様から見れば、あなた様はまだお子さまです。返り討ちにするのはたやすいはずですが、そうはなされない。竹本様も、無益な殺し合いはしたくないとのお考えなのだと思われますねぇ……」

卯之吉はまた黙考に入った。そして急に腰の扇子《せんす》を抜くと、帯をポンと叩いた。

「あたしに良い思案がございます」

「どのような？」

卯之吉は「ホホホ」と笑った。

「万事、お任せくださいましよ」

三

「旦那、そろそろ出掛けましょうぜ」

日が没して、窓の障子が暗くなった頃、才次郎が竹本の座敷に顔を出した。

「南町の役人も、大和田の屋敷から矢の催促を食らったのか、血眼になって旦那を探し回っていやすぜ。早《はえ》ぇとこ八巻を仕留めて、江戸を離れたほうがよござんすよ」

「言われるまでもない」

竹本は憮然として立ち上がった。濡《ぬ》れ縁《えん》から沓脱《くつぬ》ぎ石に下りる。草鞋を丁寧に履いて、足元を固めると、腰に刀を差しながら歩みだした。

庭を抜けて河岸へ向かう。葦の中には猪牙舟が隠されている。才次郎が飛び乗って、不器用に棹を握った。

「旦那が昨夜、手合わせをしたのは間違いなく八巻の手下でございまさぁ。荒海ノ三右衛門がいたんだから間違いねぇ。八巻の気性なら、きっと今夜は手前ぇ自身で長屋に乗り込んで来るはずですぜ」

竹本も舟に乗り移った。

「八巻の手下どもが邪魔をしてきたらなんとする」

「元締が集めなすった男衆が、三右衛門たちを引きつける手筈《てはず》になっておりやす。旦那は、心置きなく八巻と立ち合っておくんなせぇ」

めた。
竹本は無言で頷いた。才次郎が棹を差し、猪牙舟はゆっくりと掘割を進みはじ

細い月が夜空にかかっている。微かな月光が大川の川面を照らしていた。天満屋の隠れ家から八丁堀に向かうには、大川を横断しなければならない。渡し舟の船頭であれば、なんということもない行程なのだが、素人の才次郎にとっては骨の折れる仕事であった。

額に汗を滲ませながら櫂を漕ぐ。

「なんだか、今夜は舟が多いな」

夜釣り客でも乗せているのであろうか、川船が何艘も浮かんでいる。舳先《へさき》には明るい提灯《ちょうちん》が下げられていた。

才次郎の舟が通りすぎた時、舳先に吊るされたその提灯が大きく揺れた。何かの合図のために揺らしたようにも見えた。

しかしそれどころではない才次郎は、必死で櫂を漕ぎ続ける。気を抜くと川下に流されて、海に出てしまう。

その川下のほうから、大きな船が遡上《そじょう》してきた。

「なんだよ、今度は屋形船か。川開き前だってのに、物好きな野郎がいたもんだな」

屋形船の軒下には桃色の雪洞《ぼんぼり》がいくつも吊るされていた。屋根の上に乗った船頭たちが棹を差して、大きな船体を操っていた。

才次郎は櫂を漕ぎ続ける。フラフラと舳先を揺らしながら八丁堀を目指した。

その時、大川の川上から、流れに乗って勢い良く下ってきた舟があった。

「あっ、危ねえ！」

その舟は荷船であった。喫水《きっすい》の浅い平たい船体で、米俵などを運搬するために使われる。猪牙舟よりはるかに大きい。

「あんな舟にぶつけられちまったら、猪牙舟なんか簡単に覆《くつがえ》っちまうぜ」

本当なら、軽快に動くことのできる猪牙舟の側に回避の義務がある。しかし才次郎は素人だ。右往左往しているうちに、荷船はどんどん近づいてきた。

その荷船には、積み荷は載せられていない様子であった。その代わりに、一つの影が佇《たたず》んでいた。その人影が、スックと立ち上がった。

「その舟、待てッ」

声変わり前の甲高《かんだか》い声音で呼び止める。

才次郎は舌打ちした。

「餓鬼のクセしやがって、ずいぶんと威張ってやがるぜ」

竹本も鋭い目を向けた。そして「うっ」と唸《うな》った。

「まさか、宇津木雅楽……」

菅沼左近の娘（雅楽の母）と面差《おもざ》しが瓜二つだ。それに竹本は、大和田屋敷を密かに探り、雅楽の姿を何度か認めてもいた。

荷船の侍が畳みかけてきた。

「やはり貴公は竹本新五郎！　我が顔を見て顔色の変わったがその証《あかし》。武運重畳《ちょうじょう》、巡り会ったは天佑神助《てんゆうしんじょ》、父の仇、いざ、尋常に勝負！」

才次郎は目を丸くした。

「父の仇？　するってぇと旦那、あの餓鬼が旦那を狙っているってぇ、大和田家の侍ですかい」

竹本は答えない。一方の宇津木雅楽は、声を限りに叫んだ。

「仇討ちにござる！　どなたか、ご検分をお願いいたす！」

大川の川岸に人が集まり始めた。まだ宵の内で、仕事や銭湯から帰る町人たちが出歩いている。

「何の騒ぎでぃ」

「仇討ちだってよ」

「仇討ちだと!」

 野次馬たちが色めきだった。仇討ちは芝居では人気の演目だ。その本物が見られるのだ。家に帰るどころではない。

竹本を乗せた猪牙舟に、巨大な屋形船が近づいてきた。閉じられていた障子が開いて、中から武士が身を乗り出した。

「寺社奉行所大検使、庄田朔太郎《しょうださくたろう》と申す！　義によって黙過しがたく、仇討ちの検分を仕る。いざ、存分に立ち合いめされぃ！」

仇討ちにはしかるべき身分の武士の立ち会いを必要とした。立会人が仇討ちの結果を見届けて、証人になってくれることで、初めて仇討ちが成立するのだ。

「かたじけなし！」

雅楽が船上で一礼する。川岸の野次馬たちはヤンヤの拍手だ。

「イヨッ、大検使サマ！　待ってました！」

「これで役者が揃ったぜ！」

軽薄な物言いで歓声を上げた。

雅楽は羽織を脱ぎ捨てた。その下の着物はすでに襷《たすき》掛《が》けをしている。良く考えれば不自然なのだが、なにゆえか、今はそれどころではない。

「いざ、勝負！」

雅楽が刀を抜き放った。

才次郎がうろたえた目を竹本に向けた。

「ど、どうしやす」

「いや、慌てることっちゃねぇ。八巻と五分に斬り結ぼうってぇ旦那だ。あんな餓鬼侍なんか目じゃねぇでしょう。チャッチャと片づけてやっておくんなさい！」

しかし竹本は、立ち上がる気配も、刀を抜く様子もなく、無念そうに座している。

「逃げられぬか」

「逃げる？　どうして」

「わしは、あの子供を斬ることはできぬ。それができるならば始めから、コソコソと逃げ回ったりはせぬ」

「だけど旦那、あの餓鬼を返り討ちにしちまえば、それで二度と、追われることはなくなるんですぜ」

相手を討ち取れば、仇は仇討ちの追跡から解放されるのだ。

「それはできぬと申しておる。早く逃げよ」

荷船はさらに接近してきた。そしてついに、猪牙舟の横ッ腹に衝突した。

「うわぁ！」

才次郎が悲鳴をあげる。素人船頭では舟を立て直すこともできない。櫂を握ったまま、ザンブリと川面に転落した。

猪牙舟が真横に覆る。続いて竹本も落水した。

「仇が落ちたぞ！」

「仇討ちはどうなるんでぃ！」

野次馬たちが息を呑んで見守る中、水の中から伸びた腕が、荷船の船縁をガッチリと摑んだ。頭から爪先までずぶ濡れになった浪人が、荷船に這い上がってきた。

浪人はブルッと身を震わせて水気を飛び散らすと、腰を落として、ゆっくりと抜刀した。

「オッ、やる気になったぞ！」

「斬り合いでぃ！」

野次馬たちが、ある者は騒ぎ立て、ある者は静まりかえって見守った。

竹本は水中深くに沈んでいった。大川の流れは、船上からはゆったりとして見えたが、水中では驚くほどに速かった。耳がゴウゴウと鳴っている。聞こえるのは泡の弾ける音ばかりだ。

竹本は泳ぎが苦手であった。腰には二本の刀を差している。水中では予想以上の重みとなって、竹本の身体を川底へ引きずり込もうとした。

その時、何者かの手が竹本の衿首を摑んだ。

（大川の河童《かっぱ》か）

竹本はその腕を振り払おうとしたが、上手《うま》くゆかない。得意の柔《やわら》も、水中ではまったく役に立たなかった。

腕は竹本をグイグイと上へ引っ張っていく。竹本の頭が水面をガボッと割った。竹本は息を吐いた。突然に耳が聞こえるようになった。

「竹本様、こっちです」

頭上から呼ぶ声がする。目を向けると明るい雪洞がいくつも見えた。その雪洞の間から、細い面が覗いていた。

「そなたは、三国屋の……！」

卯之吉も（おや？）という顔をした。

「これはこれは杉本様。あなた様が竹本様だったのですかえ」

なにゆえこの放蕩者が自分の名を知っているのか、竹本にはわからない。

「さぁ、早く、この船にお移りなさいまし。野次馬の衆にお姿を見られないように」

卯之吉が細い手を伸ばした。

竹本の衿首を握って川面に引き上げた男が（河童ではなかった）、帯を摑んで押し上げる。何がなにやらわからぬうちに、竹本は、屋形船に引き上げられていた。

屋形船の中には畳が敷かれていた。濡れ鼠の竹本が転がり込むのと同時に、障子がピシャリと閉じられた。

「誰にも見られてはおりません」

そう答えたのは障子を閉ざした美鈴である。竹本は自分の身体から滴《したた》る水が畳に広がっていくのを見ながら、その場に座り直した。

「三国屋の若旦那殿。これは、いかなる仕儀でござるか」

若旦那姿の卯之吉は、ニンマリと笑った。

「今、荷船のほうでは、あなた様に扮した水谷様……っていうご浪人様が、宇津木雅楽様を相手に、仇討ちの芝居をしていらっしゃいます。まもなく決着がつきましょう。あなた様は雅楽様に討たれて、この世のお人ではなくなります。雅楽様は見事、仇討ちを果たしたということになって、御家での出世も叶《かな》いまする」

竹本は驚いた顔つきで聞き入っていたが、やがて話を呑み込んで、深々と溜息《ためいき》を吐いた。

卯之吉は竹本に訊ねた。

「このような始末で、よろしゅうございましたかねぇ？」

竹本は大きく頷いた。

「拙者に不服はござらぬ。いや、これこそが最善の決着かと存ずる」

「それは良かった」

「しかし、いったいこれは、どなたが巡らした策なのでござろうか」

すると、船縁に座っていた武士が、伝法な口調で答えた。

「南町の同心、八巻が書いた筋書きだよ！」

「寺社奉行所の大検使であるこの俺まで顎《あご》で使いやがって。まったくてぇした同心サマだぜ！」

「や、八巻が……」

竹本も心の中で頷いた。

（八巻は、すべてを見通しておったのか……）

負けた、と思った。剣で立ち合うまでもない。人間の大きさで負けている。

障子が外から開けられて、船縁から一人の男が顔を出した。

「三国屋の若旦那。もう一人の男は見失っちまいやした。泳いで逃れたのか、溺《おぼ》れて流れに呑まれたのかもわからねぇ」

卯之吉は笑顔で答えた。

「そっちのお人は、どうでもいいです。手間をかけたね。まだ肌寒い季節だってのに、水練なんかさせちまって」

「なぁに、こっちはこれが商売でさぁ。舟から落ちた客を拾いあげるのには慣れてまさぁ」

どうやら屋形船の船頭であるらしい。卯之吉に命じられ、竹本を救いに向かったのだろう。野次馬の目の届かない、舟の反対側に引っ張っていく役目も仰《おお》せつかっていたのに違いない。

船頭は水から上がってきて、手拭いで身体を拭きはじめた。

「これは手間賃だよ。取っておいておくれ」

卯之吉が小判を握らせる。船頭は「ひいっ」と叫んで腰を抜かした。

「おい卯之さん、仇討ちに決着がつきそうだぜ」

野次馬が大声で盛り上がっている。

雅楽が「ヤッ！」と叫んだ。閉じられた障子越しに声が聞こえた。

続いて、水谷が「無念なり！」と叫んだ。続いてザンブリと大きな水音が立った。

野次馬が歓声をあげる。

「やったぞ！　若侍が仇を討ち取った！」

「イヨッ、日本一！　今牛若《いまうしわか》！」

卯之吉が苦笑する。

「まるっきりお芝居ですねぇ。いや、お芝居なんですけどね」

庄田朔太郎まで芝居がかった大声を張り上げた。

「お見事！　仇討ちの顚末《てんまつ》、この庄田朔太郎が見届けた！　いついかなる時にでも証人に立とうぞ！」

卯之吉はニヤニヤしながら煙管を取り出した。

「朔太郎さんが大和田様のお屋敷に乗り込んで、仇討ちの証言をしてくれれば、雅楽様はご面目を取り戻し、そしてあなた様は、もう二度と、大和田様の御家中に追われることもなくなるわけです」

竹本は卯之吉に向かって両手をついた。

「なんというご厚情……」

卯之吉は火のついた煙管をプカーッと吹かした。

「御礼なら、あたしにじゃなくて、南町の八巻様に仰《おつしゃ》っておくんなさいよ」

「何を抜かしていやがる」

朔太郎が呆れ顔をした。

船頭が卯之吉に訊ねた。

「仇役のお人は、わざと斬られたふりをして、大川に飛び込んだんですかい。もういっぺん、助けに行きましょうかい」

「それには及ぶまいよ。今のお人は何もかも心得ていて飛び込んだんだ。自分のお力で泳いで来なさるさ」

そう言っている傍《そば》から水音が立って、川岸とは反対側の船縁から、濡れ鼠の浪人が這い上がってきた。

「川の冷たさが身に沁みたぞ。酒をくれ」

障子を開けて入って来ようとして、竹本に気づいて「あっ」と叫んだ。

「お主は」

竹本も驚く。

「そなたはいつぞやの……」

卯之吉が「おや」と、笑顔を見せた。

「お知り合いだったのですかえ。それは奇遇だ」

水谷弥五郎は憤懣《ふんまん》やる方ない顔つきで、ドッカと大あぐらをかいた。

「この者に道場破りを邪魔されたのでな、金策がつかなくなった。そこで金のため致し方なく、このような役目を果たすことになったのだ。お陰でこの有り様だ」

卯之吉は「ハハハ」と笑った。

「世間は広いようで狭いものでございますねぇ」

雅楽を乗せた荷船は河岸に向かってゆく。船頭は卯之吉の意を含んだ者だ。舳先をぶつけて猪牙舟をひっくり返したのも、卯之吉に命じられてのことであったのだ。

「さぁて、我々も帰りましょう。川開き前だってのに、屋形船なんかを浮かべていたら、町奉行所のお役人様に咎《とが》められます」

「やれやれ。お前《め》ぇさんは本当におかしな同──じゃねぇ、放蕩者だぜ」

朔太郎が卯之吉の莨盆を借りて、太い銀煙管に火をつけた。

商家の若旦那と、寺社奉行所の大検使がなにゆえこんなに仲が良いのか、理由のさっぱりわからぬ竹本は、ひたすら首を傾げ続けた。

(まるで幻でも見ているかのようだ)

桃色の雪洞を吊るした屋形船といい、現実感がまるでない。まさに夢か幻か。その夢を見ている間に、竹本と雅楽を巡る問題は、すべて綺麗《きれい》に片づいてしまった。

(南町の同心、八巻……。なんという男よ……)

その正体は唐の仙人か。

(とうてい、勝ち得ぬ)

竹本はしみじみと感じ入った。剣で立ち合ってどうこうできる相手ではない。人物の大きさが違いすぎると思い知らされたのだ。

（江戸で五指に数えられる剣豪……。ご老中屋敷にも出入り勝手の剣客とは、これほどに、巨《おお》きな男であったのか）

それに引き換え、己の卑小さはどうであろう。刀を上手に振るうことができると慢心し、それで喜んでいただけだ。なんとも愚かしい。

（わしは八巻殿に斬られる値打ちもない男なのだ）

そう思ったら、突然に笑みがこぼれてきた。

隣では水谷弥五郎が手酌で酒を飲んでいる。竹本も酒を飲みたくなった。

「三国屋殿、拙者にも酒を頂戴できぬかな」

三国屋の若旦那は笑顔で頷いた。

「ああ、これは気が利きませんで。銀八、竹本様に御膳を用意して」

「へいへい」

幇間《ほうかん》が膳を運んできた。卯之吉は、ガラリと広い屋形船の中を、残念そうに見渡した。

「やっぱり芸者衆を連れてくれば良かったですねぇ」

庄田朔太郎が首を横に振る。

「馬鹿を言え。川開き前なのに宴会なんか開いたら、本当に川役人が取り締まりのために漕ぎ寄せて来るよ」

屋形船はゆっくりと進んでいく。野次馬たちの喧噪《けんそう》も、いつしか遠ざかっていった。

四

その日の深夜。

卯之吉は村田銕三郎の屋敷の扉をホトホトと叩いた。

すぐに家の小者《こもの》が出てきた。さすがは筆頭同心に仕《つか》える小者で、深夜だというのに眠そうな様子も見せず、引き締まった顔をしていた。

「村田さんにお話があって来たんですがねぇ。こんな夜更けに悪いんだけど、村田さんを起こしておくれでないかねぇ」

卯之吉がそう言うと、小者は「どうぞ、お入《へ》ぇりくだせぇ」と言って、台所まで案内した。台所の框《かまち》の前に卯之吉を待たせて、自分は奥に入っていく。

「あのお人、一晩中起きてるみてぇでげすな」

村田の屋敷の小者は、江戸の脅威となる事件や災害に常に備えているのであろうか。銀八が、我が身のだらしなさと引き比べて、感心したように言った。

卯之吉は面白そうに笑った。

「あたしたちだって、いつも一晩中起きているじゃないか」

銀八は（それとこれとは話がまったく違うでげす）と思ったけれども、黙っていた。

すぐに村田が、寝間着姿で出てきた。

「おう、お前ぇか」

ギロリと鋭い眼差しを向けてくる。こちらも今まで眠っていたとは思いがたい姿だ。

「なんの話だい」

立ったまま物を言う。小者が火のついた行灯《あんどん》を寄せてきた。

卯之吉は惚《とぼ》けた顔つきで「はぁ」と答えた。

「はぁ、じゃわからねぇよ」

「それでは申し上げますけれどね、天満屋の元締と呼ばれていなさる、悪党の隠れ家の場所をですね。さるお人から教えてもらったのですけれども」

「その元締さんはですねぇ、金で殺しを請け負っていらっしゃるそうでして、南町の八巻様のお命をですねぇ、縮めようと企んでいるそうなんですよ」

「南町の八巻は手前ぇじゃねぇか！」

「八巻様がいらっしゃると、江戸で悪事を働くのに邪魔だってんで、悪党衆が金を出して、殺しを頼んだらしいんです」

村田銕三郎が裸足《はだし》で三和土《たたき》に飛び下りてきた。

「やいッ、手前ぇ――その隠れ家のある場所は、ちゃんと聞き出したんだろうな！」

「あい。本所の竪川《たてかわ》の奥にある、潰れ商家だそうでして。詳しく聞き出したんですけれど、あたし一人じゃどうにもなりゃあしないでしょう？　それでまぁ、こうして、夜分にもかかわらず、押しかけてきたって次第でして」

卯之吉はチラリと村田の顔を見た。

「ご迷惑様でしたかねぇ？」

村田は卯之吉を突き飛ばして叫んだ。

「捕り物だァ！」

「なんだと！」

南町奉行所に腕利きの同心たちが集められた。松明《たいまつ》が煌々《こうこう》と焚《た》かれた前庭に列を作る。

鎖鉢巻《くさりはちまき》で頭を守り、身体には鎖帷子《かたびら》を着込む。鉄の板がついた手甲《てっこう》と脚絆《きゃはん》を手足につけて、腰には刀を一本差し、捕り物の時だけ持ち出される、長い十手《じって》を手にしていた。

捕り物を指揮する当番与力が、陣笠に火事羽織、銀箔《ぎんぱく》押しの捕り物十手を差して登場した。一同に向かって檄を飛ばす。

「今夜の相手は、手前ぇたち同心を手にかけようってぇ不埒《ふらち》者だ！　手加減は要らねぇ！」

町方の与力は町人と接する役目なので口調が伝法だ。

「北町も応援を出すと言ってる。一網打尽、一人残らず引っ捕らえるぞ！」

「おう！」と応えた同心たちと捕り方が、大きく開け放たれた正門から、勢い良く出役《しゅつやく》した。

「御用だッ」

筆頭同心の村田銕三郎が雨戸を蹴り破った。大声を発しながら、問題の廃屋《はいおく》に突入する。

続いて飛び込んだ捕り方が龕灯《がんどう》提灯で店の中を照らした。

「誰もいない……」

「奥を探せ！」

村田が十手を突きつける。やはり自分から、店の奥へと入っていった。

パン、パンッと、障子や襖を開け放つ。しかし、何者の姿も見当たらない。

「奥座敷と離れ座敷だ！」

村田が向かおうとしたその時、屋敷の反対側から突入した別の組の者が走ってきた。

「村田さん！」

「尾上《おがみ》か！　悪党どもは見つけたか！」

同心の尾上伸平《しんぺい》は首を横に振った。

「誰もいませんッ。蛻《もぬけ》の殻です！」

「くそっ」

村田は自分の目で確かめるべく、奥座敷を廻り、最後に離れ座敷に飛び込んだ。座敷の真ん中に置かれた莨盆に目を止める。

「炭に火が入ったままだぜ！」

莨に火をつけるための炭が赤々と燃えていた。つい今まで、ここに誰かがいたことを示していた。

「出役に気づいて逃げやがったんだ！　クソッ、あと一息のところで！」

村田は歯嚙みして離れ座敷から飛び出した。

「そう遠くまで逃げちゃいめえ！　追えっ！」

同心と捕り方が隠れ家の周囲の、湿地や野原に散って行く。

五

「結局ねぇ、捕り逃がしちまったそうですよ。南町の旦那方は」

甲州街道、四谷の大木戸（江戸の西の境界）に立った卯之吉は、旅姿の竹本新五郎に向かってそう言った。

「せっかく教えていただいたのに、申し訳ないことでございましたねぇ」

「三国屋殿が詫びることではござるまい」

「ええ。仰るとおりでございます」

卯之吉は、捕り物には加えてもらえない。卯之吉などを連れて行っても足手まといにしかならないことを、皆、知っているからだ。卯之吉の暮らしぶりを近くから毎日見ている町奉行所の者たちは、誰も卯之吉のことを、剣豪だ、などとは思っていない。

「天満屋という男、かなりの大悪党と見た。くれぐれもご油断召されるな、と、八巻殿にお伝え下され」

「あい。承知しました」

卯之吉は「油断するな」と言われたから「承知した」と答えたのだが、竹本は伝言を承知したと受け取ったに違いない。

竹本は、なにやら憑物《つきもの》が落ちたみたいな晴々とした顔つきで、江戸の空を見上げた。

「剣で身を立てようなどとは金輪際、思わぬ」

卯之吉はほんのりと首を傾げた。

「それでは、何をたつきとなされるおつもりですかえ」

「骨接《ほねつ》ぎになろうかと思っておる。剣の道では、先生と呼ばれる身にはなれなかったが、骨接ぎでなら、皆、先生と呼んでくれるのでな。それにじゃ、剣よりも骨接ぎのほうが人に喜ばれる」

竹本は笑った。釣られて卯之吉も笑った。

「それでは三国屋殿。おさらばでござる。拙者は、最後の仕事を成し遂げた後で江戸を離れる。もう二度と会うこともござるまい。さらばじゃ」

竹本は卯之吉に背を向けて、去っていった。


それからしばらくして、六月になった。参勤交代の時期である。信濃の大名、大和田家の行列が、甲州街道を旅してきた。

大和田家の上屋敷からは、江戸家老以下、主だった重臣が迎えに出た。江戸詰の家臣たちは幕府の許可なく江戸を離れることができないので、四谷の大木戸で主君一行を待ち受けた。

行列の到着までは、親交のある寺で時間を潰す。客殿に座っていた菅沼左近が、落ち着きなく、腰を上げた。

「憚《はばか》りじゃ」

勤番侍に声をかけると、席を外して裏手に向かう。戦国武将を髣髴《ほうふつ》とさせる気迫が身上の菅沼であったが、寄る年波には勝てない。急いで雪隠《せっちん》に飛び込むと、袴の裾を捲《まく》り上げた。

その時であった。雪隠の壁の、粗末な壁板の隙間から、鋭い切っ先が飛び出してきて、菅沼左近の胸を突き刺した。

菅沼は目を見開いた。その目の前に小窓があった。窓の下から、浪人者がヌウッと顔を出した。

菅沼は驚愕した。驚きのあまり叫ぼうとして、声の代わりに血を吐いた。血まみれの口を震わせながら、

「貴様か……！」

と、掠れた声で呟《つぶや》いた。

竹本は刀をググッと下に圧《お》した。胸に刺さった刃が、菅沼の身体を縦に切り裂いてゆく。

「貴様のような卑劣極まる悪人が、大和田家の政《まつりごと》を壟断《ろうだん》すれば、若君と雅楽殿がご苦労をなされる。御家のためだ。ここで死ね」

竹本は刀を引き抜いた。左近の身体が崩れ落ちた。

天満屋は茶店の縁台に座って、東海道を行き交う旅人を眺めつつ、優雅に紫煙

を燻《くゆ》らせていた。ここは品川の歩行新宿《かちしんしゅく》。商人の行き交う景色の中に天満屋の姿はすっかり溶け込んでいた。

才次郎が走ってきた。

「江戸の取り締まりは厳しいですぜ。役人どもめ、まだ諦めちゃいねぇようで」

天満屋は、煙管の灰を莨盆に落とした。

「南町の八巻様のお命を狙った大悪党だ。町方役人は面目にかけても、お縄にかけずにはいられまいよ」

「そんな、他人事《ひとごと》みてぇに……。その余裕を見るに、なんぞ秘策がおありなんでござんすか」

「ないでもない。そのために石川《いしかわ》には、京畿《けいき》に上ってもらった」

「石川左文字《さもんじ》？　あの軍師気取りの浪人ですかい。口先ばっかりで、当てにはならねぇように思えやすがねぇ」

「石川を当てにしてるわけじゃない。上方から、頼りになるお人たちを呼んだのさ。石川はその使いだよ」

天満屋は煙管を莨入れにしまった。

「ああ、おいでなすったよ」

日差しに照らされ、濃い陽炎《かげろう》の立つ東海道を、三つの黒い影が歩んできた。その只《ただ》ならぬ気配を肌で感じて、才次郎は総身に震えを走らせた。

双葉文庫

は-20-13

大富豪同心《だいふごうどうしん》

春《はる》の剣客《けんかく》

2013年9月15日　第1刷発行
2021年4月30日　第7刷発行

【著者】
幡大介《ばんだいすけ》

【発行者】
箕浦克史
【発行所】
株式会社双葉社
〒162-8540 東京都新宿区東五軒町3番28号
[電話] 03-5261-4818(営業)　03-5261-4833(編集)
www.futabasha.co.jp (双葉社の書籍・コミックが買えます)
【印刷所】
株式会社新藤慶昌堂
【製本所】
大和製本株式会社
【カバー印刷】
株式会社久栄社

【フォーマット・デザイン】
日下潤一

ISBN978-4-575-66629-8 C0193
Printed in Japan